the 리더

BBULMEDIA FANTASY STORY

희배 퓨전 판타지 소설

the 리더

4

뿔미디어

CONTENTS

제1장
암스테르담 세미나

미래를 미리 알아서 떼돈을 벌 수는 없을까?

어찌 보면 황당하게 느껴지는 물음.

하지만 그 황당함의 정형을 현실적으로 보여 준 예가 있었다.

바로 네덜란드 암스테르담에 있는 R. D. 쉘사의 미래 예측연구소에서 보여 준 미래 예측 시스템이었다.

1970년대 초반, 당시의 전문가들은 석유의 생산량이 충분하므로 앞으로 수십 년 동안 원유 값은 변하지 않을 것으로 보았다.

일반적으로 재화의 가격은 수요와 공급에 의해서 결정 되는데 수요의 변동이 거의 없고 공급이 충분하다면 가격은 변하지 않을 것이었기 때문이다.

그렇게 R. D. 쉘사의 미래예측연구소에서는 1970년 초반에 격화되는 환경 운동의 반동으로 OPEC의 카르텔화가 일어날 것을 예견하였다.

R. D. 쉘사의 미래예측연구소는 예견만 한 것이 아니라 그 연구에 의거하여 본사 수뇌부에 값싼 유전에 전력 투자하도록 권고하기까지 했다.

기업의 투자는 기업의 미래가 달린 만큼 섣불리 투자하는 것은 위험할 수 있음에도 불구하고 R. D. 쉘사의 수뇌부는 미래예측연구소의 주장을 일리가 있다고 판단했다.

플라스틱 접시에서부터 하다못해 구충제까지 석유로 만들어 낸다. 즉, 먹는 것에서 싸는 것까지 석유가 없으면 실생활이 유지될 수 없을 정도로 석유화학은 이미 인류 생활의 전반에 영향을 끼치고 있다.

따라서 카르텔을 이룰 수만 있다면 투자 대비 최대한의 이익을 창출할 수 있다.

만약 카르텔을 이루지 못하면 그렇게 하도록 만들면 된다.

OPEC을 카르텔로 만든다는 것은 이스라엘과 아랍 제국(諸國)과의 대치 상황이라는 엄청 유용한 조건이 있기 때문에 충분히 가능한 시나리오였다.

R. D. 쉘사의 수뇌부는 값싼 유전을 사들이는 한편 중동의 야망가인 사타트 이집트 대통령을 부추겨 분쟁을 유도했다.

결론적으로 R. D. 쉘사 미래예측연구소의 예측(?)대로 OPEC은 카르텔화가 되었고 석유 값은 하루가 다르게 고공 행진을 거듭했다. 이른바 제1차 오일 쇼크였다.

2년 앞서 미래를 예측하고 값싼 유전에 전력 투자한 R. D. 쉘사는 세계 5대 기업에 끼었고, 에너지 회사로는 EX 모빌 다음을 차지하는 거대 기업이 되었다.

단 2년 미리 선수를 친 덕분에 그저 그런 회사에서 한 해 매출이 300조 원이 넘고 순이익을 따져도 20조 원이 훌쩍 넘는 거대 기업이 된 것이다.

그처럼 유명한 연구소 12층에 자리한 특별 세미나실에서는 지금 그룹 '환'이 개발한 전천후 이동 수단인 '미리내'로 인해 바뀌게 될 향후 미래의 전망과 대책에 대한 논의가 한창이었다.

이 논의를 위해 각 분야의 세계 석학들이 속속 모여들었다.

그뿐만이 아니라 세계 100대 기업 중 90여 개의 기업의 CEO와 참모진들이 모여 비밀 회담을 했다.

여기에는 BHP필라톤, 레오티토 등의 철강 메이저, EX 모빌, 텍코 등의 석유 메이저, 심지어는 카킬, 펑기 등의 곡물 메이저, GAM, EHE, 포커스 바겐 등의 거대 자동차 회사들이 끼어 있었다.

그만큼 '미리내'가 일으킨 파장은 엄청났던 것이다.

그도 그럴 것이 '미리내'가 확대 보급되면 철강, 석유, 자동차 산업은 된서리를 맞을 수 있다. 거기에 그 전후방 산업까지 덩달아 불황에 허덕이게 될 것이기 때문이다.

그런데 석연치 않은 것은 South Korea에서 세계 100대 기업에 드는 오성 그룹과 한도 그룹은 비밀 회담에 참석하지 못했는데 300위권에 있는 한세 그룹은 참석했다는 것이다.

또 하나 의아스러운 것은 세미나의 내용이 전혀 공개가 되지 않았다는 점이다.

그리고 세미나가 끝나자마자 메이저의 CEO들이 급히 자국으로 날아가 자국의 대통령이나 수상에게 세미나 결과를 보고했다는 것이 특이하다면 특이한 것이기도 했다.

"으음, 그러니까 이것이 세계 100대 기업의 수장들이 협력해서 낸 결론이라는 건가?"

이무영 대통령은 한세 그룹의 부사장인 김호중이 건네준 보고서를 읽고는 화가 치밀어 부들부들 떨면서 물었다.

하지만 김호중은 이무영 대통령의 심기가 몹시 좋지 않다는 것을 알면서도 태연하게 대꾸했다.

김호중의 이런 태도는 자국의 대통령을 대하는 게 아니고 이무영 대통령을 단지 비즈니스 상대로 보는 것 같았다.

김호중은 암스테르담에 모인 90여 개 기업들의 위세를 등에 업었으니 이제 임기를 6개월여 정도밖에 남기지 않은 이무영을 우습게 여기고 있는 듯했다.

"예. 그렇습니다. 대통령님."

"뭐야, 이건 숫제 세계 100대 기업들이 단합해서 대한민국을 아예 고사시키겠다는 게 아닌가?"

"대통령님, 아마도 그들로서도 선택의 여지가 없는 것이겠지요. 그렇지만 어떻게 생각하면 그들이 당장 실력 행사로 들어가지 않았다는 게 우리 대한민국으로서는 다행이라면 다행일 수 있습니다."

김호중의 말처럼 국가를 유지해 나가는데 전적으로 수출에 의존하는 대한민국으로서는 세계 100대 기업들이 단합해서 고사시키지 않은 것은 다행이라면 다행일 수도 있었다.

이무영 대통령은 그것을 잘 알고 있었기에 더욱 답답해하고 있는지도 몰랐다.

'하지만 이 기회는 우리 대한민국을 우뚝 서게 할 기회인데 이렇게 허무하게 무산시켜야 한다는 말인가……'

과학의 문외한인 이무영 대통령이 생각하기에도 그룹 '환'에서 만든 '미리내'라면 해마다 막대한 국부를 유출시키는 원유 수입을 줄일 수 있을 것 같았다.

그뿐인가. '미리내'를 수출하게 되면 막대한 외화를 벌어 올 게 확실하니 대한민국의 미래는 엄청 밝을 것이 아니겠는가?

물론 세계 100대 기업들이 지적하고 있는 '미리내'라는 혁신적인 기술이 느닷없이 나타남으로 인한 폐해를 간과할 수는 없었다.

'미리내'로 인해서 경제 구조가 급격하게 변하게 되면 세계 전반에 걸쳐서 엄청난 실업이 유발될 것이고 결국은 세계의 경제가 붕괴될 수 있다. 그렇게 된다면 대한민국 역시 엄청난 혼란에 휩싸이게 될 것은 불문가지였다.

그렇다고 대한민국을 경제 대국으로 만들 수 있는 기술을 협박에 의해서 거저 포기하는 것은 너무나 가슴 아픈 일이 아닌가.

'이 나쁜 놈들! 자기들로서는 못 먹는 감이니 찔러서 남도 못 먹게 하겠다는 건가? 만약 미국이나 중국과 같은 강대국에서 '미리내' 같은 첨단 제품을 만들었어도 저것들이 저렇게 설쳤을까?'

생각이 여기에 미치자 이무영 대통령은 문득 지킬 수 있는 힘을 갖지 못한 자가 보물을 갖고 있는 것은 죽을 죄를 짓는 것과 같다는 중국의 고사가 생각났다.

'휴우, 우리나라가 힘이 없는 게 죄라면 죄겠지.'

이런 생각이 들자 이무영 대통령은 약소국 대통령인 것에 비감(悲感)마저 들었다.

어쩌면 구한말 열강들이 조선을 핍박해서 한반도의 이권을 빼앗아 가던 그때처럼 느껴지는 것 같기도 했다.

대처를 잘못하면 어쩌면 지금이 더 위태로울지도 모른다는 생각이 들자 가슴이 답답해졌다.

'크음, 이 사태를 어떻게 하면 슬기롭게 헤쳐 나갈 수 있을까?'

이무영 대통령은 머리를 쥐어뜯으며 생각해 보지만 도무지 헤쳐 나갈 가닥이 잡히지 않았다.

세계 100대 기업이 작정을 하고 대한민국을 고사시키려 한다면 대한민국으로서는 도저히 빠져나갈 방법이 없

지 않은가 말이다. 그것은 마치 내일 로또에 당첨된다고
해도 오늘 죽어 버리면 말짱 도루묵인 것과 같았다.

그런 이무영의 상념을 깨뜨린 것은 비서실장 최기영이
었다.

"대통령님, 미국 버라마 대통령의 긴급 전화입니다.
지금 꼭 통화를 해야겠다고 하는데 어떻게 하면 좋겠습니
까?"

"최 실장, 연결하도록 하게."

이무영 대통령은 직감적으로 '미리내'에 대한 논의일
것이라는 생각이 들어 김호중을 내보낸 다음에 전화기를
들었다.

"안녕하십니까? 미스터 프레지던트."

─하하, 저는 이 대통령님께서 염려해주신 덕분에 잘
지내고 있습니다. 이 대통령님께서도 잘 지내시겠지요?

"예. 별일은 없습니다만. 그런데 어쩐 일로 전화를 주
셨는지요?"

─하하, 저야 뭐… 그나저나 South Korea의 위상
은 날이 갈수록 높아만 가고 있으니 축하드릴 일입니다.

어쩐지 비꼬는 것처럼 들려서인가.

이무영 대통령은 자다가 봉창 두드리는 버라마 미국
대통령의 대답에 눈살을 살짝 찌푸렸다.

그렇지만 지난 4년 6개월 동안의 경험으로 통번역 시스템의 오류가 아닌가 싶어 일단 버라마의 말에 적당히 대답을 하고 다시 물었다.

"별 말씀을. 우리 대한민국이 아무리 발전을 한다고 해도 어디 미합중국에 비할 수 있겠습니까? 그나저나 지금 워싱턴은 밤이 늦었을 텐데 미스터 프레지던트께서 주무시지도 않고 어쩐 일로 전화를 주셨습니까?"

―하하, 이 대통령님, 아마 암스테르담에서 개최되었던 세미나의 보고서를 보셨을 것입니다. 제가 대통령님께 전화를 드린 이유도 이 대통령님과 머리를 맞대고 그 문제를 슬기롭게 헤쳐 나가자는 것입니다.

"그러시군요. 휴우, 정말이지 그 문제는 상당히 골치가 아픕니다. 따지고 보면 '미리내'는 고갈 자원인 석유에 의존하고 있는 인류의 미래를 위해서 바람직한 것이지만 정작 우리나라의 입장에선 뜨거운 감자에 지나지 않은 것 같군요."

―이 대통령님의 말씀처럼 '미리내'는 인류의 미래를 위해서 크나큰 축복이라고 할 수 있습니다. 그렇지만 '미리내'의 기술이 실제로 생활에 적용이 된다면 지금 당장은 세계 평화를 크게 해치게 될 것입니다. 간단히 예를 들자면 자동차 산업은 급격하게 사양 산업화가 될 것이고

자동차 회사들은 부담을 줄이기 위해 고용 노동자들을 해고하려 들 것입니다. 그럼 전 세계적으로 수천만 명의 실업자가 생기게 될 것입니다. 그것뿐이면 나름 헤쳐 나갈 수 있겠지만 단백질 섬유를 '미리내'의 차체로 사용한다는 것은 철강 산업 역시 사양 산업으로 만들 것이고 여기에서도 전 세계적으로 수천만 명의 실업자가 생길 것입니다.

"……."

'이 빌어먹을 인간아, 나도 눈이 있어 이미 본 사실이다. 그래서 어쩌라고?'

지금 버라마 대통령이 하는 말은 김호중이 자신에게 준 보고서에 있는 말들이었다. 그러니 그 보고서를 당연히 이무영 대통령도 빤히 알고 있는 내용이었다. 이무영 대통령은 버라마의 말에 아무런 대꾸를 하지 않고 내심 버라마를 욕했다.

버라마의 말이 아무렇지도 않게 들리지만 그건 어디까지나 일반인의 시각에서 바라봤을 때 그런 것이다.

버라마는 지금 '미리내'를 포기하지 않으면 세계가 가만히 있지 않을 것이니까 니가 알아서 하라는 협박을 최고로 순화된 외교 언어로 표현하고 있었다.

집권 5년차인 이무영 대통령은 이게 협박이고 내정 간

섭이라는 걸 잘 알고 있었다.

협박에 내정 간섭을 하고 있다는 걸 빤히 알고도 욕설을 하지 않으면 그게 더 이상한 것이 아니겠는가.

버라마는 이무영 대통령이 아무런 대꾸도 하지 않자 이무영 대통령의 마음을 알겠다는 듯이 하던 말을 계속 이어 갔다.

—물론 '미리내'가 고용 창출을 해서 사양 산업에 종사하는 실업자들을 구제하면 아무런 문제가 없습니다. 그런데 그룹 '환'에서 배포한 보도 자료에 따르면 '미리내'는 반영구적인 제품입니다. 여기에서 '미리내'로서는 더 이상의 부가가치를 창출해 내지 못한다는 심각한 문제가 생깁니다. 사실 세계 100대 기업들이 우려하는 것도 바로 이것입니다.

"휴우, 저도 그것 때문에 골치가 다 아픕니다."

이것은 이무영 대통령의 말은 예의상 지껄이는 멘트가 아니고 일국의 지도자로서 대국적인 관점에서 본 뼈아픈 진실이었다.

하나의 자동차가 만들어지기 위해서는 전기, 전자, 유리, 철강, 반도체, 도장 등의 여러 가지 산업이 결합되어야 하는 종합적인 시스템을 필요로 한다.

이른바 자동차 산업이 발전함으로 인해서 그 전후방

산업인 철강, 전자, 섬유, 타이어, 금융, 유통 산업이 균형 있게 발전한다고 보면 된다.

하지만 '미리내'는 본질적으로 이런 시스템이 최소화될 수밖에 없다. 게다가 한 번 만들어지면 거의 반영구적인 '미리내'는 파생되는 고용 효과가 전무하다시피 했다.

그 말을 뒤집어서 생각해 보면 그만큼 실업자가 생길 수밖에 없다는 말이었다.

우리나라 광공업 종사자의 10% 이상을 차지하고 있는 자동차 산업이 사양길에 접어든다는 점에서 또한 그 여파로 인해서 자동차 산업의 전후방 산업마저 덩달아 위축될 것이다.

여기에 쉽사리 '미리내'를 밀어붙이지 못하는 큰 딜레마가 있었고, 그 해법을 찾으려고 고심하지 않을 수 없는 것이기도 했다.

이무영 대통령의 한탄조의 말에 자신의 협박이 먹혀들었다고 느꼈는지 버라마의 어조는 의기양양 그 자체였다.

―그렇습니다. 이건 세계 평화를 위해서도 결코 바람직하지 않다고 생각합니다. 어떻게 생각하면 '미리내'는 인류를 위한 축복임과 동시에 저주라고 할 수 있습니다. 이 대통령님께서는 어떻게 생각하십니까?

"미스터 프레지던트, 귀하의 말에 반박하고 싶은 생각

은 없지만 '미리내'가 고갈 자원인 원유를 쓰지 않고 또 환경에도 좋은 영향을 끼치는 점에서는 획기적이라고 생각합니다. 이점에 대해서 미스터 프레지던트께서는 어떻게 생각하십니까?"

—하하, 그래서 제가 아까 인류를 위한 축복임과 동시에 저주라고 말씀드리지 않았습니까? 이 대통령님께서는 어떻게 생각하실지 모르겠지만 그동안 우리 미합중국은 South Korea의 평화와 발전을 위해서 엄청 헌신했다고 생각합니다. 아무쪼록 앞으로도 맹방으로서 상호 간의 유기적으로 협력을 했으면 하는 것이 본인의 바람이기도 합니다. 그럼 이만 통화를 끝내도록 하겠습니다. 안녕히 계십시오.

"알겠습니다. 굿바이 미스터 프레지던트."

이무영 대통령은 버라마 대통령의 마지막 말이 여차하면 미군을 철수시키겠으니 알아서 기라는 말로 들려서 엄청 기분이 나빠졌다.

'젠장, 우리나라가 엄청 발전하기는 했지만 미국이라는 강대국의 시각에선 여전히 만만해 보이나 보군. 억울하면 출세하라는 말처럼 이런 억울함을 모면하려면 하루빨리 강대국이 되는 수밖에 없겠지?'

이무영 대통령은 어찌 됐든지 미국의 도움이 없었다

면 대한민국의 존재는 지금 없을지도 모른다는 생각으로 마음을 달래 보지만 찝찝한 것이 쉽게 가실 것 같지 않았다.

그런데 찝찝한 기분이 채 가라앉기도 전에 또다시 이무영 대통령의 복장을 터지게 하는 전화가 거푸 걸려 왔다.

이른바 미국을 필두로 해서 *G7에 해당하는 국가들과 중국, 러시아의 대통령과 수상이 차례로 전화를 걸어왔던 것이다.

말하자면 전 세계 강대국 정상들이 전부 '미리내'를 빌미로 독립국인 대한민국에 협박조의 전화를 걸어온 셈이다.

'휴우, 이것들이 아주 작정을 하고 떼로 덤벼드는군. 그런 점에서 볼 때 '미리내'는 세계 강대국들이 겁을 낼 만큼 획기적인 기술이라는 것이겠지? 그렇지 않다면 지들이 떼로 덤벼들어 협박을 하지 않았을 것 아닌가? 하지만 지킬 수 있는 힘이 없으니 어쩌겠어? 일단 최강권 그 친구를 불러서 그 친구의 생각이나 들어 봐야겠군.'

그 시각 최강권은 서원명의 전화를 받고 한참이나 통

화 중에 있었다.

　—이봐, 강권이, 오늘자 아침 신문을 보았는가?

　"하하, 신문을 보지는 않았지만 아침에 NTV에서 특집 방송으로 떠드는 것을 두고. 하는 말이겠지? 그래. 정암이 자네도 매스컴에서 떠들고 있는 것처럼 금방에라도 우리나라가 망할 것 같다는 생각이 드는가?"

　—하하, 그것은 아니네. 자네의 성정과 능력을 생각해보면 매스컴에서 말하는 것처럼 그렇게 호락호락 당하지는 않을 것 같단 말이야. 매스컴에서 워낙 겁을 줘서 하는 말인데 강권이 자네 무슨 수라도 있나?

　"이 친구야. 하늘이 무너져도 솟아날 구멍이 있다고 지레 겁을 먹을 사안은 아닐세. 게다가 매스컴에서 떠드는 것을 이용하면 오히려 헌법 개정에 대한 국민투표가 유리하게 작용할 것 같아 흥미롭게 지켜보고 있네. 외환(外患)의 위기가 닥칠수록 내부는 그만큼 더 단결이 되는 게 고금의 진리 아닌가?"

　'어허, 이 친구가 지금 시국이 어떻게 돌아가는지 알고나 저렇게 호기를 부리는 걸까?'

　서원명의 이런 생각은 윤기영 청와대 국정상황실장에게서 강대국 정상들이 이무영 대통령에게 압력을 행사하고 있음을 알고 있기에 당연한 것이었다.

하지만 또 한편으로는 최강권이 역술에 정통하니 무언가 믿는 것이 있다는 생각이 들기도 했다.

'도대체 이 친구가 어떤 방법으로 이 난국을 헤쳐 나가려는 걸까?'

서원명은 아무리 생각을 해 봐도 도무지 방법이 떠오르지 않아 고개를 절레절레 흔들며 물었다.

—이봐, 강권이. 이 난국을 타개할 대책을 나에게 귀띔이라도 해 주지 않을 텐가? 나야 자네를 믿기는 하지만 내 머리로는 도저히 수가 보이지 않아 답답하기 그지없네.

"하하! 정암이, 그 문제에 대해서는 내가 알아서 처리할 테니까 자네는 신경을 꺼도 좋네. 헌법 개정에 대한 국민투표가 끝난 후에 대선 TV 토론에 대해서나 전략을 세우도록 하게. 노파심에서 하는 말이네만 절대 역사 청산 운운하지 말아야 하네. 구한말부터 100여 년이 넘도록 권력에 빌붙어 건재를 과시하고 있는 매국노 집단을 뿌리 뽑으려면 우선은 법적인 토대부터 만들어야 한다는 것을 잘 알고 있겠지?"

—허, 이 친구 하고는, 아무려면 내가 그걸 모를까 봐. 걱정하지 말게. 그나저나 정말 나에게 아무런 말도 해 주

지 않으려나?

"적을 속이려면 자기 자신을 먼저 속여야 한다는 말이 있다네. 내 자네에게 해 줄 말은 이 기회를 빌려 우리나라가 결코 호락호락하지만은 않다는 것을 세계에 알리겠다는 것이야. 그렇게만 알고 있게."

강권이 여기까지 말했을 때 청와대에서 들어오라는 전화가 걸려 와 더 이상의 대화는 불가하다는 것을 말하고는 전화를 끊었다.

서원명은 자기도 여당 대권 후보의 자격으로 청와대로 갈까 하는 생각을 했지만 이내 그 생각을 접었다.

최강권이 자신에게 알려 주려는 생각이 있었으면 자기가 물어보지 않아도 알려 주었을 것이란 생각이 들었기 때문이다.

최강권은 말로만 듣던 청와대에 들어섰지만 별다른 감흥이 없었다. 전생에 임금이 살던 왕궁에 근무했던 기억이 또렷했기 때문에 그다지 설레지 않은 것이리라.

청와대에 들어서려니까 입구에서 경비를 서던 순경이 막아섰다.

건장한 젊은 녀석이 들어서니까 일단 막고 보는 것 같았다.

"실례하겠습니다. 신분증 좀 보여 주시겠습니까?"

순간 최강권은 짜증이 났다.

우리나라 공무원이 다 그렇듯이 말은 겸손한 듯했지만 행동은 위압적이었기 때문이다.

이경복 변호사의 말에 따르면 이들은 분명 101경비단의 순경들이었다.

경찰관 집무집행법에 따르면 경찰이 국민에게 신분증을 제시하게 하려면 먼저 자신의 소속과 이름을 밝혀야 한다.

게다가 최강권이 청와대에 들어가려고 하기 때문에 신분증을 제시하라고 하기보다는 먼저 방문한 용건부터 물어야 한다.

최강권은 이를 따지려다 차를 보내겠다는 말에 굳이 그럴 필요 없다고 거절한 자기에게도 잘못이 있어 그냥 넘어가기로 했다.

또 굳이 이목을 끌고 싶지 않아서 신분증을 제시하고 윤기영 청와대 정책상황실장을 면회할 거라고 방문 목적을 적었다.

"실례지만 윤기영 정책상황실장님과 어떤 사이인지 물

어봐도 되겠습니까?"

경비를 서던 순경들은 나이도 어린 최강권이 실세 중의 실세인 윤기영 정책상황실장을 아는 것에 뜨끔한 모양이었다.

최강권은 이들에게 윤기영과의 관계를 밝힐 필요가 없다고 결론짓고 윤기영 실장에게 자기의 이름을 전하면 자기를 데리러 올 것이라고만 했다.

순경들 중 하나가 구내 전화로 최강권이라는 사람이 윤기영 실장을 찾아왔다고 전한지 불과 2~3분 만에 윤기영 실장이 직접 최강권을 마중 나왔다.

그것을 본 순경들은 안도의 한숨을 내쉬었다.

사실 이들은 짜증내는 표정을 짓던 최강권에 대해서 경찰 전산망을 통해서 나름 조사를 해서 나이도 어린 일개 고아 녀석이라는 걸 알고 혼내 주려고 작정을 하던 중이었다.

그런데 윤기영 실장이 직접 마중을 나와 공손하게 안내를 하니 내심 '앗 뜨거' 하는 마음이 들었던 것이다.

최강권은 그들의 이런 심사를 전부 파악하고 있었다.

공무원들, 특히 국민의 인권을 보호해야 할 경찰과 검찰 공무원들이 오히려 권위 의식을 가지고 국민을 윽박지르려 한다는 것은 이미 장도진의 실종 사건을 조사하면서 느끼고 있었다.

다른 공무원들의 태도 또한 마찬가지였다. 공무원들의 열에 일고여덟은 공무원이 국민들의 종복이라는 의식보다는 국민의 지배자라는 권위 의식을 가지고 있다.

그런 사고방식을 갖고 있기 때문에 공무원이 국민에 봉사하는 위치임을 망각하고 어떻게든 뜯어먹으려는 썩어 빠진 생각을 갖고 있는 것이 아니겠는가?

실제 **OECD 가입국 중에서 우리나라의 부패 지수는 하위에 속해 있는 게 현실이기도 했다.

'대한민국을 세계 최고로 살기 좋은 나라를 만들려면 공무원들의 권위 의식부터 뿌리를 뽑아야 해. 정암이 대통령에 오르면 가장 먼저 해야 할 일이겠지?'

이렇게 최강권의 결심은 더욱 굳어지고 있었다.

이무영 대통령은 최강권이 접견실에 들어오자마자 암스테르담에서 있었던 세미나의 보고서를 건네주었다.

"대통령님, 이게 무엇입니까?"

"그게 자네가 만든 '미리내'에 대한 세계 100대 기업들의 대처 방안일세."

"하하하! 매스컴에서 떠들고 있는 것이 사실인 모양이군요."

"사실이라기 보다는 자네가 '미리내'를 만들어서 팔겠다면 그렇게 하겠다는 것이지. 자네는 어떻게 하겠는가?"

최강권은 이무영 대통령의 말이 떨리고 있다는 것을 느꼈다.

그것은 저들의 집단 행동이 두려워서라기 보다는 외세에 의해서 국가 이익을 포기해야만 하는 안타까움인 것 같았다.

'이무영 대통령, 그대가 생각하고 있는 그런 무조건 포기 따위는 절대로 없을 것이니 안심하기 바라오.'

최강권은 이런 속내를 감추고 이무영 대통령의 물음에는 아무런 대답도 없이 그저 보고서를 바라보았다.

보고서는 TV에서 본 내용과 다를 게 없었다.

'미리내'를 출시하게 되면 전세계적으로 수천만이 넘는 실업자가 생길 것이고 이것은 미증유의 공황 상태를 야기할 것이라는 내용이었다. 그리고 이런 사태를 막기 위해서 세계기업연합(WUC)에서는 어떤 일도 주저하지 않을 것이라고 결론짓고 있었다.

한마디로 협박이라면 협박이었고 선전포고라면 선전포

고였다.

최강권의 인상이 절로 찌푸려졌다.

'미리내'에 대한 리액션이 있을 것이라는 예상은 했지만 미처 생각하지 못한 게 있었다.

'이 자식들 이러다 세계를 좌지우지하려 들겠는 걸.'

최강권은 세계기업연합의 협박이나 선전포고는 조금도 겁나지는 않았지만 이들이 미친 척하고 하나로 뭉쳐서 국가를 좌지우지하려 드는 건 겁나지 않을 수 없었다.

물론 실현될 가능성은 엄청 희박하지만 전혀 불가능한 것도 아니었다. 대의제 정치체제에서 국가 수장과 의회 의원들의 선출은 국민들의 지지도에 달려 있기 때문에 약간의 모험을 한다면 충분히 그렇게 될 수 있다.

그렇게 된다면 SF영화에 나오는 것처럼 기업이 개개인의 생활을 통제할 경우도 완전 배제할 수 없었다.

하지만 헤쳐 나갈 방도가 전혀 없는 것은 아니었다.

'니들이 걸어온 싸움이니 피하지는 않으마. 니들이 상상하지 못하는 방법으로 상대해주겠어. 기대해도 좋아. 그깟 세계기업연합 내가 접수해 주마.'

최강권이 이런 생각을 하자 은연중에 눈썹을 씰룩이며 얼굴을 찌푸리는 듯 보였다. 그런 최강권의 얼굴을 쳐다보는 이무영 대통령의 심기는 편치 못했다.

'나 같아도 수천억이 될지 수조가 될지 모르는 '미리내' 를 선뜻 포기하기는 그렇겠지?'

이무영 대통령이 생각하고 있는 정답은 최강권 개인에게는 안타까운 일이지만 국가 수장으로 국가 전체를 놓고 봤을 때는 '미리내' 를 포기하게 하는 것이었다.

그래서 이무영 대통령은 각국의 정상들이 자신을 전화로 협박한 내용까지 들려주기로 했다.

"강권 군, 엄청 미안하지만 내 자네에게 대한민국의 평화를 위해 아무 대가 없이 '미리내' 를 포기하게 할 수밖에 없다네. 이것은 오늘 아침에 G7을 포함해서 중국과 러시아의 정상들이 나에게 전화로 협박한 내용들이라네. 이것을 들어 보면 내가 자네에게 포기하라고 할 수밖에 없는 뼈아픈 심정을 다소 이해할 수 있을 것이네. 지켜 주지 못해서 미안하네."

강권은 '지못미' 를 들먹이며 미안해하는 이무영 대통령의 얼굴을 바라보며 전화 녹취를 들었다.

녹취 내용은 세계에서 나름 강대국이라 자처하는 국가 수장들이 하나같이 '미리내' 에 대해서 포기할 것을 종용하는 것이었다.

우리나라와 가까운 나라들의 국가 원수들은 완곡한 외교 언어를 구사하며 포기하라고 했고, 좀 멀다 싶은 나라의 수장들은 협박에 가깝게 말하고 있었다. 듣기에 따라서는 사면초가요, 누란의 위기라고 판단할 수 있을 것이다.

"대통령님, 만약에 '미리내'를 포기하면 저들이 우리나라의 현실에 도움이 되는 반대급부를 줄까요? 아니면 더 많은 것을 요구할까요? 저는 그게 궁금합니다."

"크음, 물론 후자에 가깝겠지? 하지만 다른 뾰족한 수가 없지 않은가?"

"과연 그럴까요? 저는 사실 애초부터 '미리내'로 돈을 벌겠다는 생각은 추호도 갖지 않고 있었습니다. 저들이 생각하고 있는 것과 같은 생각을 갖고 있었기 때문입니다. 그런데 저들이 이런 식으로 핍박을 하니 오기가 나서 그냥은 포기하지 못하겠습니다. 저들에게 그 대가를 받아야겠습니다."

"허어, 이보게 최 군, 자네의 심정을 이해하지 못하는 것은 아니지만 현실적으로 불가능하지 않겠는가? 괜한 분란을 일으키지 말고 그냥 포기하는 게 어떻겠나?"

이무영 대통령은 자칫 섣부른 행동을 했다가 강대국들에 미운털이 박혀 우리나라에 해가 되지 않을까 하는 걱정이 앞서 강권을 말렸다.

저들이 직접 나서서 해코지를 하지는 않겠지만 북한을 부추겨서 골탕을 먹일 수 있다. 전쟁이 벌어지지 않더라도 그에 준하는 사태를 만든다면 우리나라만 손해였다.

"하하하, 대통령님 전혀 걱정하지 마십시오. 대통령님
께서 우려하는 일은 결코 벌어지지 않을 것이기 때문입니
다. 아니, 도리어 저들은 우리 대한민국이 그렇게 호락호
락한 나라가 아님을 알게 될 것입니다."

"허어, 이 사람아, 어떻게 하려고? 그러다 정말 전쟁
이라도 나면 어쩌겠다는 말인가?"

"하하하, 만약 전쟁이 일어나면 우리나라가 통일이 될
테니 그리 나쁜 것만은 아닙니다. 물론 믿기지 않겠지만
우리 대한민국이 완승을 거둘 것입니다. 제가 그렇게 만
들 테니까요. 또 만에 하나 전쟁이 일어나게 되면 전세계
가 혼란에 휩싸이게 될 테니 저들도 그렇게 하지는 못할
것입니다."

강권은 자신만만하게 말했지만 이무영 대통령은 강권
의 말을 믿을 수 없었다. 솔직히 자신 같아도 내가 못 먹
는 감은 남도 먹지 못하게 일단 찔러 놓고 보려는 게 사
람의 심정이 아닌가 말이다. 강권은 이무영 대통령의 기
기묘묘하게 변해 가는 표정을 지켜보고는 빙그레 웃으며
말했다.

"하하, 그렇게 걱정하지 마십시오. 생각 같아서는 강
경하게 대응하고 싶지만 대통령님께서 그렇게 걱정하시

니 제가 '미리내' 프로젝트를 포기하도록 하겠습니다. 단, 조건이 있습니다. 대통령님께서는 제가 하자는 대로 해 주셔야 합니다."

"휴우, 여부가 있겠나. 내가 어떻게 해주면 되겠나? 물론 내가 할 수 있는 한도 내에서만 요구하게."

이무영 대통령이 안도의 한숨을 내쉬며 말하자 최강권은 빙그레 웃으며 말했다.

"첫째, 방금 전화를 했던 국가 원수들을 미국 동부에 있는 노퍽 시간으로 10월 2일 정오에 노퍽에서 만나서 조약을 체결하자고 하십시오. 그러니까 대략 한 달 후가 되겠군요. 만나는 장소는 조지, H. W 부시 항공모함 선상이 좋겠지요. 조약의 내용은 제가 차후에 대통령님께 알려드리겠습니다. 둘째, 얼마 전 뉴스에서 보니까 노퍽에서 미국 순양함 한 척을 폐기시킨다고 들었습니다. 그 순양함에 10월 2일 정오까지 타케트 표시를 해 두라고 하십시오. 물론 폐기 처분할 순양함에는 단 사람도 있어서는 안 됩니다. 셋째, '미리내'를 딱 100대만 만들어 대당 1,000만 달러에 팔겠다고 하십시오. 또 그 '미리내'로 국을 끓여 먹든 복제를 해서 만들어 팔던 저는 전혀 상관치 않겠다고 하십시오. 그 말은 곧 '미리내'에 대한 특허권을 포기하겠다는 의미입니다. 그리고 앞으로

'미리내'를 그 이상은 만들어 팔지 않겠다고 약속한다고 하십시오. 제가 바라는 것은 이 세 가지뿐입니다."

이무영 대통령은 최강권이 말하는 의도를 전혀 파악하지 못하고 한참 고개를 갸웃거리다 한숨을 내쉬며 말했다.

"휴우, 내가 그리하자고 한다고 저들이 들어주지는 않을 것이란 것쯤은 자네도 알고 있겠지? 일단 버라마 미국 대통령과 상의는 해 보겠네. 하지만 그리 큰 기대는 하지 말게."

"하하, 대통령님께서 그렇게 제안을 한다면 저들은 분명 승낙을 할 것입니다. 일단 버라마 대통령과 통화해 보십시오."

이무영 대통령은 강권의 말처럼 '미리내'를 연구해서 자기네 기술로 만들어도 좋다고 한다면 확실히 구미가 당길 것이라는 생각이 들었다. 과연 버라마 대통령뿐만 아니라 다른 국가의 원수들도 군소리 없이 강권의 조건에 동의했다.

*G20:G20의 기원은 1975년에 서방 선진 6개국 즉, 미국, 일본, 영국, 프랑스, 서독, 이탈리아의 정상들이 주요 공통 관심사에

대해 논의하려고 만들어진 G6에서 기원한다. 그러던 것이 제2회 서
미트(정상 회담)부터 캐나다가 참가하여 G7으로 바뀌게 되었다. 그
리고 1999년 12월에는 선진 7개국 정상 회담(G7)과 유럽 연합
(EU) 의장국 그리고 신흥 시장 12개국 등 세계 주요 20개국을 회
원으로 하는 국제 기구가 되었다.

G20의 의의는 G20 국가의 총인구는 전세계 인구의 3분의 2에
해당하고, 20개국의 국내총생산(GDP)는 전세계 90%에 이르며,
전세계 교역량의 80%가 이들 20개국을 통하여 이루어질 정도로 세
계 경제에서 큰 비중을 차지한다는데 있다.

**OECD(Organization for Economic Co—operation
and Development:경제개발협력기구):OECD는 정치적으로 대
의제, 경제적으로 자유 시장 원칙을 받아들인 34개 국가를 회원국으
로 하고 있으며 본부는 프랑스 파리에 있다.(2010년까지 30개국이
던 것이 최근 칠레, 슬로베니아, 이스라엘, 에스토니아 4개국이 회원
국이 되어 34개국으로 늘어났다.)

OECD의 전신은 1948년 미국의 마셜 플랜의 지원을 받은 유럽
경제협력기구인 OEEC다. 그러던 것이 1961년에 미국, 캐나다가
가입하면서 문호가 확대되고 오늘날의 OECD가 만들어지게 되었
다.(우리나라는 1996년 12월 12일에 OECD에 가입)

OECD의 목적은 경제 성장, 개발도상국 원조, 무역의 확대 등이
고 활동은 경제 정책의 조정, 무역 문제의 검토, 산업 정책의 검토,
환경 문제, 개발도상국의 원조 문제 등의 일을 한다. OECD가 활성
화되면서 OECD의 각종 자료들은 비교 지표로 사용되어지고 있다.
2006년 이래 의장은 앙헬 구리아(멕시코)가 맡고 있다.

제2장
어디 한 번 해 보자고

매스컴에서는 연일 그룹 '환'과 그 CEO인 최강권에 대한 비난이 빗발치고 있었다.

신문, 방송 할 것 없이 강권이 마치 자기 부귀영화를 위해서 국난을 자초한 매국노와 같은 자라고 떠들어대고 있었다.

최강권을 신처럼 받드는 강석천을 위시한 천살문도들은 주둥아리만 여물었지 한 주먹감도 되지 않는 기자들을 혼쭐을 내려 했다. 하지만 강권이 별도의 명이 있을 때까지 참고 있으라는 지시를 내렸기 때문에 참을 수밖에 없었다.

사실 주먹만 앞세웠던 옛날 같았으면 아마 이미 몇 놈

정도는 박살내도 박살냈을 것이다. 분통을 참다못한 천살문도들 10여 명이 강권을 찾아와 하소연했다.

"어르신, 싸가지라고는 약으로 쓸려고 해도 눈곱만큼도 없는 저 쥐새끼 같은 녀석들이 하는 작태를 그냥 보고만 계실 것입니까? 어르신께서 명령만 내려주신다면 깡그리 잡아다 다시는 헛소리를 못하도록 주리를 틀어 놓겠습니다."

"하하하, 천 팀장, 자네는 입으로 말하는 것보다 칼로 대화하는 것을 즐겨서 사시미란 닉네임을 얻었다지? 그런데 이제 보니까 말도 참 잘하는구먼."

"예에?"

웃자고 하는 농담에 정색을 하는 천성호를 보며 강권은 더 이상의 농담은 힘들다는 것을 느끼고 화제를 바꾸었다.

"아닐세. 자네들이 어떤 생각을 갖고 있는지는 잘 알고 있지만 거듭 말하지만 지금은 그럴 때가 아닐세. 사실 내가 저들에게 손을 쓰려고 마음을 먹었으면 아무런 증거도 없이 죽일 능력이 있다는 것은 자네들이 잘 알고 있지 않은가? 하지만 내가 그렇게 하지 않은 것은 저들의 뒤에 버티고 있는 자들을 알아내고 싶음이야. 잡초를 제거하려면 뿌리를 뽑아야 된다는 말도 있지 않은가?"

"아! 예에."

"말이 나왔으니 하는 말이네만 지금 떠들고 있는 자들 태반은 일본 극우파의 조종을 받고 떠드는 꼭두각시 같은 자들이라네. 나머지들은 그들에게 푼돈이나 얻어먹고 주둥아리만 빌려 주는 자들이지."

강권의 말이 채 끝나기도 전에 차 심부름을 하던 예리나가 핏대를 세워 가며 참견하고 나섰다.

"아니 오라방, 지금이 어느 땐데 쪽바리들에게 붙어먹고 사는 놈들이 있단 말이에요? 그리고 그렇다면 더욱더 그 싸가지 없는 새끼들을 족쳐야 하잖아요?"

예리나가 강권에게 따지듯 말하자 천살문도들은 눈살을 찌푸렸지만 감히 뭐라고 하지 못했다. 강권이 예리나를 친동생처럼 생각하는 것을 아는 까닭이었다.

"하하, 예리나야 그렇게 간단한 문제가 아니란다. 그 자들은 피라미에 불과하기 때문이지. 그런 피라미들을 잡자고 진짜 월척들을 놓쳐 버린다면 얼마나 안타깝겠니? 그래서 아저씨들에게 피라미 뒤에 숨어 있는 월척들을 찾으라고 말해 두었단다."

"오라방, 오라방은 배알도 없어요? 오라방이 아무런 잘못도 하지 않았는데 그 거지 같은 새끼들이 오라방에게 매국노니, 돈만 아는 냉혈한이니 그렇게 떠들고 있잖아요? 이 예리나는 아무런 변명도 하지 않고 그걸 듣고만 있는 바보 같은 오라방 때문에 시집도 못 가고 팍삭 늙어 버릴 지경이란 말이에요?"

'얘가 갑자기 평소 안 쓰던 말을 쓰고 어쩐 일인데? 오라방이라고 하면 오라버니의 제주도 사투리인데 며칠 안보이더니 제주도라도 갔다 왔나?'

강권은 내심 이런 생각을 했다. 사실 이것저것 신경이 쓰이는 게 있어 예리나를 챙기지 못한 죄(?)가 있어 예리나의 짜증을 달래 주려 했다.

예리나 하면 쇼핑광이니 쇼핑을 시켜 주면 금방 헤헤거릴 것이라는 생각이 들어 카드를 꺼내며 말했다.

"하하, 예리나야 미안하다. 대신에 이 오라비가 카드를 줄 테니 언니하고 쇼핑이나 가서 기분 전환을 하렴. 그럼 되겠니?"

"이 오라방이? 오라방, 보자보자 하니까 정말이지 너무하는 것 아니에요? 오라방은 하나밖에 없는 동생을 꼭 그렇게 된장녀로 만들고 싶으냐고요?"

"뭐? 된장녀? 하하하하……."

강권이 예리나의 엉뚱한 대꾸에 폭소를 터트리자 천살문도들은 상대가 상대인지라 대놓고 웃지는 못했지만 역시 쿡쿡거리며 배꼽을 잡았다.

예리나는 자기 말에 강권과 천살문도들이 낄낄거리자 얼굴이 붉으락푸르락하더니 고함을 질렀다.

"이씌, 정말 그렇게들 할 거예요? 내가 된장녀라고 말한 게 뭐가 그리 웃겨요?"

"아, 하하하… 아니. 예리나야, 어디서 된장녀라는 말은 들었니?"

"친구들이 자꾸 된장녀라고 비꼬기에 인터넷에서 찾아보니까 된장녀란 말이 나와 있더라구요. 자기는 한 푼도 벌지 못하면서 명품만 찾는 꼴불견을 가리킨다고요. 그래서 이제는 내가 벌어서가 아니면 명품은 사지 않으려 해요."

"뭐? 예리나야, 지금 네가 벌어서 명품을 사겠다고 한, 그 말 설마 내가 잘못 들은 것은 아니겠지? 너 정말……."

강권은 순간 예리나가 화류계로 빠지는 상상을 하며 말을 하다 살쾡이처럼 표독스럽게 변한 예리나의 표정을 본 순간 더 이상 말을 이을 수가 없었다.

아니나 다를까 예리나의 앙칼진 고성이 강권의 귀청을 울렸다. 예리나는 화가 잔뜩 났는지 오라방이라는 말 대신에 평소 하던 대로 오빠라고 했다.

"이 빌어먹을 오빠야, 너 지금 무슨 상상을 했어? 나를 뭣으로 보고 그따위 상상이나 하고 있는 거지?"

"큼, 아니 내가 뭘……."

강권은 내심 뜨끔했지만 오리발을 내밀었다. 그렇지만 예리나의 눈치도 보통은 넘어 강권을 끈질기게 추궁했다.

"뭐시라? 이 변태 같은 오빠야, 언니한테 이를까? 아님 이실직고할 겨?"

"뭘 이실직고? 예리나가 이 오빠를 그런 정도로밖에 생각하지 않다니 이거 섭섭한 걸. 사실 고등학교를 중퇴한 네가 취직을 한다고 한들 몇 푼이나 벌 것이며, 그걸로 명품을 산다면 일 년에 명품 몇 개나 살 것이냐고 말하려다가 말았다. 왜?"

강권은 곧이곧대로 말할 수 없어 거짓말을 했다. 물론 말을 하면서 양심이 좀 찔린 것은 사실이었다. 하지만 두 여자들에게 내내 시달리는 것보다는 나을 것이라는 판단에 뼈아픈 진실 대신에 달콤한 거짓말을 택했다.

사실 강권은 어느 누구도 두렵지 않았지만 경옥과 예리나만큼은 은근 켕겼다.

'에휴, 천하의 이 최강권이가 여자들 등쌀에 거짓말이나 하고 있다니……'

내심 이런 비참(?)한 생각이 드는 강권이었다. 하지만 예리나의 강공은 거기에서 그치지 않았다.

"이 곰팡내 풀풀 풍기는 고리타분한 오라방아, 니는

꼭 고등학교를 나오고 대학을 나와야만 돈을 많이 벌 수 있다고 생각하니? 니는 인터넷도 안 하지? 베컴이니 메시 같이 연봉 수백억을 받는 스타 플레이어들이 중학교나 제대로 나온 줄 알아? 딴 나라 예가 아니더라도 우리나라 오황용 선수만 해도 중학교 중퇴하고 유소년 축구팀으로 들어갔다는 건 모르지? 오라방 니는 중학교 중퇴한 오황용 선수 연봉이 얼마일 것 같아?"

"……"

"이제 겨우 스물네 살인 오황용 선수의 연봉이 50억이 넘는다고요. 이 세상 물정 모르는 철부지 오라방아."

"뭐, 좀 버네. 하긴 박찬호도 꽤나 많은 돈을 받았으니 그렇게 받을 수도 있겠네."

강권의 반응은 시큰둥함 그 자체였다. 대한민국 0.1%에 속하는 VVIP들이 연예인들을 딴따라로 취급하는 것처럼 강권은 축구나 야구 같은 스포츠를 같잖게 보고 있었다.

어느 경지에 오르자 스포츠가 도무지 애들이 장난질하는 같아 볼 마음이 생기지 않았던 것이다. 또 그런 애들 장난질 같은 스포츠에 울고 웃는 사람들이 이해가 되지 않았다. 그래서 신문을 보아도 정치와 경제 면만 보고 덮어 버렸다.

그런데 심드렁한 강권의 표정에 천살문도들의 표정도 이상하게 변했다.

마치 무슨 외계인을 보는 것 같은 표정들이었다.

"하! 이 오라방은 아는 것은 열라 많은 것 같은데 이럴 때 보면 정말이지 헛똑똑이 같다니까."

"헛똑똑이라니? 예리나야 좀 심하지 않니?"

"전혀."

"뭐 전혀?"

"그래. 이 오라방아, 하기야 수조 원을 벌 수 있는 기술을 갖고 있는 오라방에게는 그까짓 50억 정도야 우습 겠지? 하지만 그런 오라방이 오황용 선수처럼 우리 대한민국 국민의 사랑을 받을 수 있을 것 같아? 또 그렇다고 오황용 선수처럼 국위 선양을 했어? 이 헛똑똑이 오라방아, 세상은 혼자 사는 것이 아니란 말이야."

순간 강권의 뇌리는 뇌전이 관통하는 것 같은 커다란 충격에 휩싸였다. 그리고 * '맹자(孟子)'의 한 구절이 떠올랐다.

天時不如地利 地利不如人和.

하늘의 때는 땅의 이로움보다 못하고, 땅의 이로움은 사람과 사람 사이의 화합보다 못하다는 뜻이며 인화(人和)야말로 왕도정치(王道政治)의 고갱이나 다름이 없다는 의미다.

또한 이 구절은 비길 데 없이 뛰어난 무력을 가지고도 '광명이세(光明理世)', '재세이화(在世理化)', '홍익인간(弘益人間)'의 이념을 이 땅 위에 펼치려 하신 선조들의 뜻과 가장 부합되는 구절이 아닐 수 없었다.

이런 선조들의 높은 뜻을 이해하지 못한 천살문은 아(我)와 타(他)를 구별하고 살육(殺戮)으로 문제를 해결하려 했다.

전생의 강권 역시 그런 사람들 중의 하나였다.

그런데 강권이 막상 비길 데 없는 거의 절대적인 힘을 갖게 되자 선조들의 뜻을 어렴풋이 헤아릴 수 있게 되었다.

진정한 강자는 힘으로 상대를 굴복시키는 것이 아니고 마음으로 교화시키는 자라는 것을 깨닫게 된 것이다.

"인화(人和)라. 맞아. 세상은 혼자 사는 것이 아니지……."

강권은 이렇게 중얼거리다가 정색을 하고 예리나에게 말했다.

"예리나야, 미안하다. 이 오라비가 생각이 짧았다."

"알았어. 오라방이 잘못을 반성하는 기미가 보이니 마음이 넓은 예리나가 이해해 주게. 그건 그렇고 오라방, 오라방은 내가 KM엔터테인먼트 오디션에 붙은 줄도 모르지?"

"으응? 예리나 니가 오디션에 붙었다고?"

"응. 얼마 전에 태희 언니 따라서 KM엔터테인먼트에 놀러 갔는데 거기 회장님이 나를 보고 연예인이 되어 볼 생각이 없느냐고 묻는 거 있지. 그래서 그렇다고 대답했더니 카메라 테스트도 하고 노래도 시켜 보더라고. 근데 오라방도 알다시피 이 예리나의 미모는 완전 환상이고 국보급이잖아. 두말할 필요도 없이 당연히 합격했지. 그리고 더 좋은 것은 내가 엄청 노래를 잘한데. 가수로 나가도 스타가 되는 것은 일도 아니래나. 봐! 여기 계약서."

강권은 예리나가 내미는 계약서를 훑어보고는 짜증이 확 치밀어 올랐다.

계약서에는 연습 기간 빼고, 그러니까 데뷔부터 쳐서 7년 전속에 이득 배분이 3:7이고 회사의 행사에 의무적으로 참여해야 한다고 되어 있었는데 아무리 따져 봐도 완전 노예 계약이었다.

"예리나야, 이 계약서 이모님과 함께 가서 쓴 거야?"

"아니, 근데 엄마하고 통화를 했는데 엄마도 괜찮으니 그렇게 하라고 했는걸. 왜, 뭐가 잘못됐어?"

강권은 예리나의 물음에는 아무 대꾸도 하지 않고 연예계 쪽에 사람들을 공급했던 씨크릿 5팀장 황성윤에게 계약서를 넘겼다.

"황 팀장, 이 계약서 어떻게 생각해?"

강권의 물음에 황성윤은 계약서를 대충 훑어보았다. 계약 기간과 분배 비율, 스폰서 조항 등을 보아 전형적인 노예 계약이었다.

개구리 올챙이 적 시절을 모른다고 황성윤은 자기 현역(?) 시절에는 더 심한 계약도 일삼았다는 것을 전혀 생각지 못했다.

한마디로 자기가 하면 지고지순한 로맨스요 남이 하면 불륜이라는 말에 딱 부합하는 경우였다.

"어르신, 계약서를 딱 보니 전형적인 노예 계약이군요."

황성윤은 대뜸 이렇게 말하고는 조곤조곤 따져 가며 왜 그러는지 설명했다. 그러자 강권은 황성윤의 말이 끝나기 무섭게 예리나를 보며 말했다.

"예리나야, 이렇다는데?"

예리나는 황성윤의 설명을 들었으므로 강권의 물음에 아무런 대꾸도 못하고 망연자실한 표정을 지었다. 강권은 예리나가 낙담하자 황성윤에게 물었다.

"황 팀장, KM엔터테인먼트 회장이란 자를 알고 있나?"

"예. 어르신. 당장 가서 잡아올까요?"

"꼭 잡아올 필요는 없고, 한 번 낯짝이라도 봤으면 해서 말이지. 어떻게 빠른 시간 안에 볼 수 없을까?"

그 말이 그 말이었지만 황성윤은 강권의 말에 토를 달 수 있을 정도로 간덩이가 크지 못했다.

"예. 알겠습니다. 어르신, 당장 가서 데려오겠습니다."

"그럼 부탁하네."

KM엔터테인먼트 회장인 고수원은 황성윤의 방문에 약간 긴장을 해야만 했다. 세간에는 잘 알려져 있지 않지만 연예계에서 황성윤이란 이름이 갖고 있는 무게는 추호도 무시할 수 없었다.

대한민국 연예계의 한 축을 담당하고 있는 고수원이지만 그 역시도 황성윤을 거스르기에는 위험 부담이 너무 컸다.

선자불래(善者不來) 내자불선(來者不善)이라고 그의 경험에 비추어 보면 예상치 못한 상황에는 꼭 그에 따른 출혈이 따르게 마련이었다.

게다가 황성윤과는 한때 형, 동생 하는 사이였지만 상대가 안면을 까고 나오자 별수 없이 존대할 수밖에 없었다.

겉에서는 화려해 보이는 연예계였지만 실상 따지고 보면 가장 형이하학적이고 본능에 충실한 곳이어서 법보다는 주먹이 앞섰기 때문이다.

"하하, 무슨 일로 황 사장님이 저를 다 찾아주셨습니까?"

고수원은 회장실로 들어서는 황성윤에게 최대한 정중하면서도 당당한 어조로 물었다. 반면에 황성윤은 완전 무미건조한 어조로 자신의 용건만을 내뱉듯 말하고 있었다.

"내가 모시고 있는 어르신께서 고 회장을 보자고 하십니다. 지금 당장 나와 함께 가셔야겠습니다."

"예에? 황 사장님이 모시고 계신 어르신께서요?"

고수원은 전혀 예상치 못한 황성윤의 요구에 경악성을 토했다.

뇌리에 순간 떠오르는 이름이 있었기 때문이다.

약관의 나이에 전국의 내로라하는 주먹들을 평정하고 밤의 황제로 등극한 사나이 '최강권' 이 바로 그것이었다.

여자와 돈을 떼려야 뗄 수 없는 연예계의 특성상 알게 모르게 뒷골목과 연계되어 있는 엔터테인먼트 회사를 운영하다 보니 고수원 역시 익히 알고 있는 인물이었다.

한류 열풍에 편승해서 검찰과 경찰에 나름 연줄이 생겼다고는 하지만 최강권은 검찰과 경찰의 수뇌부들도 함부로 하지 못하는 인물이 아니던가?

고수원이가 아무리 연예계에서 막대한 영향력을 발휘할 수 있다고는 하지만 최강권에게 찍힌다면 그것으로 그의 인생은 종칠 수도 있었다.

'그자가 왜 나를… 내가 혹시 밉보인 게 있었던가?'

그렇지 않고서야 연예계와는 아무런 관련이 없는 그가 자신을 보자고 할 이유가 없었기 때문이다.

'혹시 마음에 드는 아이가 있어서…….'

하지만 이것 또한 타당한 이유가 될 수 없을 것 같았다.

고수원의 정보로는 최강권에게는 미스 코리아 뺨칠 정도로 아름다운 아내가 있어서 다른 여자는 거들떠 보지도 않는다고 알고 있었기 때문이다.

자신이 묻는 말에는 아무 대꾸도 없이 서늘한 표정으로 자신을 바라보는 황성윤을 보고 고수원은 오늘 일정을 모두 취소하고 그를 따라나서야 했다.

황성윤이 직접 왔다는 점에서 자신에게 대놓고 해코지를 하지는 않을 것이라는 나름의 확신이 있었기 때문에 선뜻 따라나선 것이기도 했다.

30여 분 정도 지나서 고수원이 도착한 곳은 은천동 복개천변에 있는 어떤 빌딩 앞이었다.

고수원은 연예인으로서는 드물게 서울대 출신이었으므로 이 근처 지리는 나름 잘 알고 있었다.

"고 회장, 내리시지요."

"예."

"고 회장님, 그래도 한때 막역한 사이여서 고 회장께 한 말씀만 드리겠습니다. 그러시지는 않겠지만 혹여 어르신께 조금이라도 무례를 범하게 되면 고 회장에게는 엄청 불행한 일이 벌어지게 될 것입니다. 명심하십시오."

"아! 예, 예."

황성윤의 서릿발처럼 차가운 어조에 고수원은 등줄기에 식은땀이 주르륵 흘러내렸다. 하지만 고수원 역시 산전수전을 다 겪은 사람이어서 이내 태연을 유지할 수 있었다.

황성윤을 따라 어떤 빌딩에 들어서자 떡대들 몇 명이 배꼽인사로 맞이하며 말했다.

"팀장님, 어르신께서 팀장님이 손님을 모시고 오면 옥상으로 올라오라고 하셨습니다. 어르신께서 기다리고 계시니까 곧장 옥상으로 오르시지요."

"그래? 그럼 잘하면 와인을 맛볼 수 있겠군."

황성윤이 혼잣말로 중얼거리면서 어린애처럼 좋아하는 모습을 본 고수원은 이해가 되지 않아 절로 고개가 갸웃거려졌다.

'황성윤 정도의 위치에 있는 자라면 세계 최고급의 와인도 쉽게 맛 볼 수 있지 않나?'

사실 백화점 명품 코너에 가면 세계 최고급의 와인을 쉽게 구할 수 있었다. 가격대도 500~600만 원 정도로 서민이 사 먹기에는 다소 부담이 되겠지만 황성윤 정도 되면 수십 병도 살 수 있을 것이다. 그런데도 황성윤이 이렇게 좋아하는 것에는 다 그만한 이유가 있지 않겠는가?

이런 고수원의 내심을 눈치챘는지 황성윤이 물었다.

"하하, 고 회장님, 제가 이처럼 좋아하는 이유가 궁금하시지요?"

"예. 황 사장님 정도 되시는 분이 그깟 와인 때문에 이렇게 좋아하실 리는 없을 테니 도무지 이해가 되지 않는군요."

"하하, 고 회장님, 이해가 되시지는 않겠지만 제가 좋아하는 이유는 와인 때문이 맞습니다. 하지만 우리 어르신께서 소장하고 계신 와인은 고 회장님이 말씀하시는 그까짓 와인은 절대 아닙니다. 와인 애호가로 이름 높은 서원명 의원께서도 천상의 맛이라고 감탄하실 정도로 세계에서 최고로 좋은 와인입니다."

"서원명 의원께서 극찬을 했다고요?"

서원명의 와인 애호는 워낙 유명한 것이어서 고수원도 들은 기억이 났다.

검사 시절에 대쪽같이 꼬장꼬장한 서 의원이었지만 질이 좋은 와인에는 상당한 융통성을 보인다고 하던가. 그래서 서 의원에게 잘 보이려면 좋은 와인이 필요하다.

아마 그렇게 들었던 것 같았다.

"예. 그렇습니다. 그런데 고 회장님께서는 우리 어르신의 와인을 맛본다는 것보다도 우리 어르신께서 와인을 주신 것에 감사해야 하지 싶습니다."

"그 말씀은?"

"하하, 우리 어르신께서는 벗에게만 와인을 주시거든요. 정확히 말하자면 벗에게만 옥상 정원을 개방한다고 보시면 됩니다."

"……"

고수원은 황성윤의 말을 확실하게 이해할 수는 없었지만 적어도 여기에 온 것이 위험하지는 않으리라는 확신이 들었다. 그 확신은 옥상으로 올라오라는 말을 들은 다음부터 황성윤의 태도가 완전 달라졌다는 것으로도 충분히 예감할 수 있었다.

고수원이 황성윤을 따라서 옥상에 올라가자 열대 식물원에라도 들어온 것처럼 아름다운 정원이 있었다. 그런데 옥상 정원에는 이미 10여 명의 사람들이 파티를 준비하는 중이었다.

고수원은 그중 한 사람에게 필이 꽂혔다.

연예 계통에서 수십 년을 굴러먹은 고수원이어서 미남 미녀들을 숱하게 보아 왔지만 이 사람은 완전 차원이 달랐다.

'세상에 강동건보다 더 잘생기고 귀티 나는 사람이 다 있다니……'

고수원이 막 직업 의식을 발휘하려는 순간에 황성윤이 그에게 그 잘생기고 귀티 나는 친구를 소개시켰다.

"고 회장님, 어르신께 인사를 드리십시오. 이분이 제가 모시고 있는 어르신입니다."

"예에? 아! 아! 처음 뵙겠습니다. KM엔터테인먼트를 맡고 있는 고수원이라고 합니다."

고수원은 경원의 대상인 밤의 황제가 자기 자식뻘 정도로 어린 데다 너무나 미남이어서 하마터면 큰 실례를 할 뻔했다고 생각하니 등골이 오싹해졌다.

황성윤이 조금만 늦게 소개했더라면 조폭 두목들이 어

르신으로 깍듯이 모시는 밤의 황제에게 대뜸 반말로 자네 연예인이 되어 보지 않겠냐고 물었을지도 몰랐다.

'그랬더라면……'

모르긴 몰라도 아마 몸이 성하게 돌아가지는 못했을 것이다.

"아! 고 회장님 처음 뵙겠습니다. 최강권이라고 합니다."

"……."

고수원은 최강권의 외모가 환상적인데다 목소리까지 예술이자 자기도 모르게 침을 꿀꺽 삼켰다. 게다가 혼을 빨아들일 것 같은 깊은 눈빛에 머릿속으로 울리는 것처럼 또렷한 발음까지… 이 정도라면 완벽 그 자체였고, 물건 중의 물건이었다.

고수원은 지금 자신이 어떤 상황에 처해 있다는 것도 잊고 이렇게 자기도 모르는 사이에 직업 의식을 발휘하고 있었다.

그러다 이내 상대가 누구라는 것이 생각나자 자기 실수를 깨닫고 한숨을 내쉬었다.

"아! 휴우……"

"하하, 고 회장님 무슨 생각을 하셨기에 그리 한숨을 내쉽니까?"

"저 그것이……."

강권의 물음에 고수원은 끝내 속내를 밝힐 수 없었다.

고수원이 아무리 간이 크다고 하더라도 밤의 황제에게 연예인을 하라고 할 수 있겠는가?

고수원에게 있어 다행인 것은 최강권이 더 이상 묻지 않았다는 것이었다. 그런 고수원의 아쉬움을 달래 준 것은 황성윤이 살짝 언급했던 와인이었다.

물론 처음에는 와인에 어울리지 않은 안주를 내놓은 것을 보고 내심 역시 무식한 놈들이라고 욕을 했다. 레드 와인의 안주로 회와 조개구이를 놓았기 때문이다.

나름 식도락가를 자처하는 고수원은 레드 와인의 안주에는 소고기처럼 붉은 살코기나 치즈가 어울린다고 알고 있었다. 레드 와인은 포도 껍질에서 우러나온 폴리페놀과 타닌 때문에 나는 떫은 맛을 이런 안주류가 중화시켜 주기 때문이다. 그런데 맛을 보니 그게 아니었다.

'이건 분명 레드 와인인데 왜 맛이 이렇게 담백하고 산뜻하지? 레드 와인이면서 화이트 와인의 풍미가 느껴지다니…….'

그런데 그게 다가 아니었다. 한 모금을 머금어 가만히 입안에서 굴려 보니 이건 단맛과 신맛, 쓴맛 떫은 맛 등이 절묘하게 어우러져 천상의 맛을 느끼게 해 주었다.

거기에 마치 포도밭에 앉아 있는 것 같은 향기를 풍기
다니… 물론 포도나무가 몇 그루 있기는 했지만 그것으로
는 도저히 설명할 수 없는 향기였다.

와인은 보통 에이징 포텐셜(장기 숙성 가능 정도)과 맛
과 향의 밸런스, 색깔의 선명도 등으로 판단하는데 이 정
도의 와인이라면 극상품의 레어급 와인이 아닐 수 없었
다. 레어급이 아니라면 한 잔의 와인이 어떻게 이런 행복
감을 느끼게 할 수 있겠는가?

고수원은 이 와인이 판타지에 나오는 엘프주라도 이런
맛을 낼 수는 없을 것 같았다. 이건 사기도 완전 사기였
다.

"어르신. 이렇게 좋은 술을 맛보게 해 주셔서 정말 고
맙습니다."

고수원은 너무 행복한 나머지 자기도 모르게 자기 자
식뻘 되는 최강권에게 어르신이라는 표현을 쓰고 말았다.

"하하하, 제가 뭘요. 모든 게 고 회장님의 복이 아니겠
습니까? 그런데 이 와인이 맛이 달콤해서 도수가 낮은
것처럼 느껴지지만 의외로 도수가 높아 안주도 드셔 가면
서 천천히 마셔야 할 것입니다."

"하하, 어르신, 제가 나름 술 좀 합니다. 걱정하지 마
십시오."

이 말은 흰소리가 아니고 실제로 고수원은 말술이었고 아직까지 누구에게 술로 져 본 적이 없었다. 하지만 최강권이 하는 말에는 그가 상상할 수 없는 것이 담겨 있음을 알지 못했다.

이 와인은 엄청 술고래라 해도 한 병 이상을 마시지 못할 정도로 독했다. 그래서 술에 엄청 강한 천살문도들이라도 한 병 이상은 먹지 않았다. 강권은 굳이 그런 내막까지 알려 줄 필요가 없어서 웃으며 말했다.

"그래요? 그럼 술은 얼마든지 있으니 많이 드십시오."

"하하, 고맙습니다."

술이란 것은 처음에는 사람이 술을 먹지만 나중에는 술이 술을 먹게 마련이다. 달달하니 입에 착착 붙는 바람에 결국 고수원은 그런 절차를 밟아 가며 제 발등을 찍어 가기 시작했다.

"으응, 이 친구야, 내 첫사랑에 실패만 하지 않았다면 자네 같은 아들이 있다는 건 모르지? 내 나이 정도 되면 말이지. 흐흐흐. 어느 정도 인생이란 게 보이게 마련이란 말이지."

그걸 보고 있던 천살문도들이 당장 고수원을 때려 죽이겠다고 길길이 날뛰었다. 강권이 눈짓으로 말리지 않았더라면 고수원의 제삿날은 내년 이맘때가 되었으리라.

강권이 말리자 천살문도들이 당장 물리력을 행사하지는 않았지만 이 좋은(?) 장면을 그냥 두고 보지는 않았다.

'아니, 이 개자식이, 감히 누구에게…….'

천살문도들 대부분은 뒷골목에서 산전수전을 겪어 왔기 때문에 나름 술수에 밝은 자가 있어 이 장면들은 고스란히 동영상으로 만들고 있었다. 물론 강권의 묵인이 있었기에 가능한 일이었다. 그런데 이미 만취한 상태인 고수원은 그걸 알지 못하고 계속해서 진상을 떨었다.

"하, 그룹 '환'에서 만든 '미리내'란 전천후 승용차 말이야. 끄윽, 그걸 만든 친구 말이야. 내가 보기에는 엄청 천재인 것 같으면서도 멍청하기 짝이 없단 말이지. 자네는 어떻게 생각하나? 끄윽, 기분 좋다. 근데 내가 어디까지 얘기했었지?"

"……."

"아! 그렇지. 그 친구 잘만 했으면 우리나라에 엄청 득이 되었을 건데 말이야. 그 덜 떨어진 친구가 대세를 읽지 못하고 엉뚱한 곳을 다리를 짚더란 말이지. 마치 YJ엔터테인먼트 박용진이란 어리석은 친구 같다고나 할까? 내가 어떤 사람이냐면 말이지. 끄윽, '뮤즈 걸스'란 걸그룹을 내가 만들었는데 말이야. 참, 박용진이 그 친구가

'원더 키드'로 한창 뜰 때 미국에 갔다고. 쇠뿔은 단김에 빼고 돈은 벌릴 때 왕창 땡기랬다고 그 얼마나 멍청한 짓이야? 미국에 안 가더라도 우리나라에서만 잘해도 한류에 편승해서 동남아든 유럽이든 전세계로 알려질 텐데 말이지."

고수원은 '원더 키드'가 미국에 가지 않았으면 요즘 대세인 '뮤즈 걸스'도 없었을 것이라는 둥 한참 더 진상을 떨었다.

진상의 하이라이트는 앞으로는 엔터테인먼트가 세상을 지배할 것이라고 주장한 것이었다.

그런데 그 진상은 딱히 진상이라고 할 수는 없는 것이었다. 박세리를 필두로 수많은 여자 골퍼들이 LPGA를 정복한 것들과 박찬호나 박지성, 오황용 등의 쾌거가 국민들에게 어떤 영향을 끼쳤다든가. 또 2002년 월드컵 4강 신화나 한류 열풍이 대한민국의 브랜드 가치를 얼마나 향상시켰는지 등등을 열거하는 것에 강권이 솔깃해졌다.

재물을 잃어버리면 다시 벌면 그만이지만 향락에 빠지면 그걸로 끝이다.

장안 거부인 이춘풍이 평양기생에 빠져 그 많던 재산을 말아먹는 게 이춘풍전이요, 변 사또가 춘향의 미모에 홀려 인생 종치는 게 춘향전이다. 왕이 미모에 홀리면 나라도 순식간에 절단난다는 게 경국지색이라는 말에 들어 있다.

'하하하, 엔터테인먼트란 말이지? 정신을 홀려야 한단 말이지? 그래. 그놈들에게, 아니, 세계에 대한 내 복수의 길은 정해졌어. '정신을 지배한다.' 라.'

강권은 고수원이 계속 진상을 떨고 있었지만 내심 골치 아파하는 것의 해결책을 제시해 주자 진상 떠는 것이 밉지만은 않았다.

'고수원 씨, 고마워. 진상을 부린 대가로 죽지도 살지도 못하게 만들려다 나에게 큰 도움이 되었으니 봐줄게.'

강권이 고수원에게 아량을 베푼 것은 물론 그걸 가르쳐 줘서 뿐만은 아니었다. 고수원의 상이 나름 괜찮았고 사주 역시 보통 이상의 강한 두령운(頭領運)을 갖고 있었기 때문이다.

두령운이 강하다는 것은 어느 분야의 우두머리가 될 수 있다는 의미를 갖고 있었다. 고수원이 연예 계통에서 상당히 영향력을 행사할 수 있는 것은 그가 노력한 결과겠지만 두령운이 작용한 것도 결코 무시할 수 없었다. 그리고 이런 사람에게 아량을 보이면 그에 대한 보답이 돌아오게 되어 있다. 물론 강권이 보답을 바라고 아량을 베푼 것은 아니었지만 말이다.

강권이 고수원을 혹독하게 대하지 않은 것은 그의 인간 됨됨이가 남을 등쳐 먹으려는 악인은 아니라는 판단이 섰기 때문이기도 했다.

* '맹자(孟子)' : '맹자'는 통치자의 도덕성을 기반으로 한 왕도정치를 주장하는 정치철학서이다. '맹자'는 맹자가 왕도정치의 이상을 당대에 실현할 전망을 상실하고 고향으로 돌아와서 제자들과 함께 유학정신에 대해 토론하면서 만들어진 책이라고 한다. 이 '맹자'가 만들어진 것에 대하여는 여러 가지 학설이 있지만 맹자의 사후에 그의 제자들인 공손추와 만장 등에 의해서 편집이 되었다는 게 가장 유력한 학설이다. 북송의 정호(程顥), 정이(程?) 형제는 '예기(禮記)'에서 '대학'과 '중용' 편을 독립시키고, 이 둘을 '논어', '맹자'와 함께 사서(四書)로 자리매김했다. 그 후 '맹자'가 유교에서 차지하는 비중은 지대해졌고 이는 20C 초엽까지 계속되었다.

제3장
강권, 종합 매니지먼트에 뜻을 두다

"고 회장, 내가 그렇게 신신당부를 했는데도 아주 대형 사고를 치셨드만."

"황 사장님, 대형 사고라니 무슨 말씀을 하시는 것입니까?"

"얼씨구! 고 회장 이거 정말 몰라서 그러는 거야? 알면서도 모른 척하고 있는 거야?"

"허어, 이거야 원. 이것 보십시오. 황 사장님, 제가 무슨 잘못을 했는지 알아야 사죄를 드리던지 할 것이 아닙니까?"

똥개도 자기 집에서는 반은 먹고 들어간다고 고수원은 황성윤의 위협에 나름 강경하게 대응을 했다. 그게 아니더라도 고수원은 꽤나 강단이 있는 편이어서 죽을 땐 죽더라도 '꽥' 소리 정도는 질러야 직성이 풀리는 사람이었다.

황성윤은 고수원의 얼굴을 한참 동안이나 빤히 들여다보며 내심을 살피더니 차분하게 사고에 대해 설명했다.

"고 회장님, 고 회장님께서 술에 취한 척하면서 작정하고 우리 어르신의 욕을 하시는데 어르신만 없는 자리였다면 아마 누구에게 맞아 죽어도 죽었을 것입니다. 오죽했으면 내가 나서서 고 회장님을 비 오는 날 먼지가 풀풀 날리도록 때려 주고 싶더란 말입니다."

"예에? 서, 설마요? 제가 죽으려고 환장하지 않고서야 어떻게 어르신께 욕을 하겠습니까?"

"설마라니? 그럼 내가 없는 말을 하고 있다는 거요 뭐요?"

갑자기 조폭 모드로 변한 황성윤은 땀을 삐질 흘리고 있는 고수원에게 카운터펀치로 마무리를 하는 것을 잊지 않았다.

"이거 말로 해서는 조폭들이 개수작 부리고 있다고 불복을 할 테니, 내가 증거 동영상을 보여드리지."

"증거 동영상이요?"

황성윤은 사색이 되어 있는 고수원의 얼굴을 느긋하게 감상하며 핸드폰으로 동영상을 틀며 말했다.

"고 회장님, 우리 어르신의 욕을 얼마나 하고 싶었는지 모르지만 사람을 앞에 두고 그러시는 게 아니지요. 우리 어르신께서 참으라고 하셔서 참기는 했습니다만 앞으로 조심하시는 게 좋을 겁니다."

"……."

동영상은 고수원이 강권에게 슬슬 말을 놓는 것으로 시작했다. 고수원이 나이가 강권보다 많으니 말을 놓는 것이야 그거야 크게 잘못된 것은 아니었지만 문제는 취할수록 점점 진상을 떠는데 있었다. 멍청하다느니, 덜떨어졌다느니 하면서 자기 자랑에 땅이 꺼질 정도였다.

고수원은 낯이 뜨거웠지만 이 동영상에서 최강권에 대해서 욕을 한 것은 없다는 생각이 들어 황성윤에게 조심스럽게 물었다.

"저어, 황 사장님, 이 동영상만으로는 제가 어르신께 욕을 한 적은 없는 것 같은데 말입니다. 혹시 다른 동영상도 있습니까?"

고수원의 물음에 황성윤은 황당한 놈 다 보겠다는 듯 한참을 쳐다보더니 다시 삐딱하게 물었다.

"고 회장은 '미리내'를 만드신 분이 어떤 분이시라고

생각하쇼?"

"'미리내'를 만드신 분이 어떤 분이 시라니요?"

"고 회장 당신 정말 몰라서 그러는 거야? 아니면 알면서도 모르는 척하고 있는 거야? 당신 '미리내' 시승식 장면을 봤어? 안 봤어? 설마 대한민국 사람이 다 아는, 아니 전 세계인들이 다 알고 있는 우리 어르신을 모를 정도로 멍청한 것은 아니겠지?"

"예에? 그럼 설마……."

고수원은 완전 사색이 되었다. 그 역시도 TV를 통해서 '미리내'의 시승식 장면을 봤다. 나중에 *삼수갑산(三水甲山)을 갈 망정 얼마나 통쾌했었던가?

하지만 고수원은 그 최강권이 밤의 황제라 불리는 그 최강권인 줄은 꿈에도 생각지 못했다. 아니, 누구라도 밤의 황제라 불리는 무식한 조폭이 그런 획기적인 첨단 제품을 만든 사람으로 생각하겠는가? 황성윤은 망연자실하고 있는 고수원을 보며 회심의 미소를 지었다.

이제 본론에 들어가도 될 것이란 생각이 들어서다.

"고 회장, 그것은 우리 어르신께서 아량을 베푸셔서 그냥 넘기기로 하셨으니 크게 걱정하지 않으셔도 될 거야. 그런데 문제는 고 회장 당신이 우리 어르신께 저지른 잘못이 그것뿐이 아니라는 데 있어."

"예에? 제가 어르신께 또 다른 잘못을 저질렀다고요?"

"예. 고 회장, 당신은 우리 어르신께 잘못을 저질러도 아주 크게 잘못을 저질렀어."

"⋯⋯."

황성윤은 완전 사색이 되어 있는 고수원에게 비릿하게 웃으며 비꼬듯 말했다.

"고 회장, 만약 누가 당신의 동생을 속여서 노예 계약을 체결하게 했으면 당신은 어떻게 할 텐가?"

"⋯⋯."

'뭐? 노예 계약?'

고수원은 황성윤의 말에서 뭔가 짚이는 것이 있긴 있었다.

사실 엔터테인먼트 회사라는 것이 연예인들을 다루다 보니 본의 아니게 성상납의 추악한 굴레에서 벗어날 수 없었다.

본래 성상납의 관행은 대한민국 0.01%에 해당하는 정, 제계의 VVIP들이 성상납을 요구하는 것으로부터 시작되었다.

성상납 요구하여 들어주지 않으면 '괘씸죄'를 적용해서 온갖 꼬투리를 잡아 파멸시키니 울며 겨자 먹기 식으로 들어줄 수밖에 없었다.

그런데 이제는 엔터테인먼트 회사들이 기왕 들어주어야 할 것이라면 자신들의 이익을 챙기겠다고 적극적으로 덤벼들었다. 그렇게 생긴 것이 성상납을 이용한 로비였다.

고수원은 스스로 나름 깨끗하다고 자부하고 있지만 이 성상납의 굴레에서 완전 자유로울 수는 없었다. 그래서 만약을 대비한 일종의 보험 같은 것으로 성상납을 예정하는 계약을 해 두고 있었다. 그런데 사안이 사안이다 보니 이 계약은 자의 반 타의 반으로 노예 계약이 될 수밖에 없었다.

물론 고수원은 이 노예 계약의 대상자는 신중하게 선택했다.

우선 양심상 본인이 원하는 아이를 선택했다. 가난한 집에서 태어나 성을 대가로 풍요롭게 살고 싶은 아이들은 의외로 엄청 많다. 그런 아이들 중에서 고르면 되는 것이다.

잘 풀린 아이들 중에는 수십억대의 재산을 소유한 아이들도 있다. 그나마 고수원이 위안을 삼고 있는 대목이었다.

다음에는 그중에서 뒤탈이 없도록 배경이 없는 아이들

을 골라야 한다. 자기가 원해서 그런 계약을 하더라도 재수가 없으면 욕은 전부 엔터테인먼트에서 먹게 되어 있다. 송예리나와 계약을 할 때도 이 기준을 적용하여 확인하기까지 했다.

'송예리나는 분명 친인척이 편모뿐이라고 보고를 받았는데…….'

그런데 아무 탈이 없을 것이라고 생각한 송예리나와의 계약이 문제가 된 것 같았다.

사단은 예리나가 계약을 할 때 이전 주소로 쓴 것에서부터 비롯되었다. 최강권이 예리나 모녀가 자기 때문에 피해를 입을까 봐 거주지 변경을 하지 못하게 한 것이 그런 결과를 가져왔다.

덩달아 그러한 내막을 알고 있지 못한 KM엔터테인먼트에서는 예리나가 최강권과 관계가 있다는 것을 미처 간파하지 못했던 것이다. 하지만 가장 큰 이유는 송예리나가 너무 적극적이어서 조사를 등한시한 것일 것이다.

완전 사색이 되어 있는 상황에서도 고수원은 포기하지 않은 덕분에 살길을 찾을 수 있었다.

'무대뽀로 해결하려 하지 않고 황성윤을 보냈다는 것은 뭔가 바라는 게 있기 때문이 아닐까?'

고수원은 생각 끝에 이럴 경우 변명을 하기보다 자기의 잘못을 솔직하게 시인하는 게 낫다는 판단을 내렸다.

"휴우, 황 사장님, 제가 무조건 잘못했습니다. 어르신의 선처만을 바랄 뿐입니다."

"좋습니다. 고 회장이 그렇게까지 말하니 어르신께서 하신 말씀을 전하겠습니다."

황성윤은 이렇게 말하고 고수원의 애를 태우려는 듯 뜸을 들인 다음에 약간의 위협을 섞어 가며 말을 이어 나갔다.

"사실 그 계약서를 보고 우리들은 너무 분해서 당장에 잡아다 족치자고 말씀드렸습니다. 그런데 우리 어르신께서 사업을 하다 보면 피치 못할 사정이 있을 것이니 그러지 말라고 하셨습니다. 대신 사정을 들어보고 계약서의 내용만 바꾸면 되지 않겠느냐고 넓으신 아량을 보이신 것이지요. 그래서 말인데……."

"……."

고수원은 자꾸 말을 끊으며 뜸을 들이는 것이 황성윤의 술수라는 것을 알면서도 어쩔 수 없이 말려들 수밖에 없었다.

"우리 어르신께서는 고 회장에게 크게 바라지는 않으셨

습니다. 기존의 계약은 무위로 하고 새 계약을 체결하되, 계약의 기간은 서로 협의해서 정하는 것으로 하고, 이득 분배는 2:8로 하자고 하셨습니다. 물론 갑인 KM엔터테 인먼트가 2이고 을인 예리나 아가씨가 8입니다. 자세한 것은 우리 쪽에서 새로 작성해 온 것을 참조하도록 하세요."

다분히 위압적인 태도였지만 고수원은 그걸 따질 겨를 도 없이 황성윤이 내미는 계약서를 받아서 얼른 훑어보았 다.

계약서의 내용은 KM엔터테인먼트에 다소 불리했지만 고수원이 우려했던 만큼은 아니었다.

이득 분배야 예리나가 버는 한도에서 하는 것이니 크 게 손해랄 것이 없었고, 계약 기간을 서로 협의해서 결정 하자는 것도 KM 측에 크게 불리할 것이 없었다.

특이한 것은 KM 측에서 예리나가 원하는 교육과 훈 련을 시켜야 하고, KM엔터테인먼트에서 하는 행사는 미 리 알려 참가 여부를 예리나가 결정하도록 한다는 것이었 다. 또 최강권이 예리나가 하는 교육과 훈련에 참관할 수 있다는 것 그 정도였다.

이 정도라면 고수원으로서도 감수할 수 있어 고수원은 계약서에 사인을 했다.

고수원은 계약서에 사인을 하고 안도의 한숨을 내쉬었지만 얼마 지나지 않아서 엄청 배가 아파야 했다.

얼굴만 예뻤지 완전 초보인 예리나가 하루아침에 월드 스타 반열에 올라 주가가 엄청 올라갔기 때문이다.

엄청 예쁜데다 섹시 그 자체여서 스타가 될 수 있다는 판단을 했는데 이처럼 짧은 시일 안에 톱스타의 반열에 오를 줄은 고수원으로서도 전혀 예상하지 못했었다. 그런데 하루아침에 세상에 알려져서 더 이상 바랄 수 없을 정도의 월드 스타가 되어 버렸다.

더욱 금상첨화인 것은 노래면 노래, 연기면 연기, 절정의 예능감까지 갖춘 맞춤형 스타로 폭풍 성장해서 몸값이 비싼데도 찾는 곳이 너무 많다는데 있었다.

계약서를 정식으로 새로 쓰고 나서 강권이 KM엔터테인먼트로 데려다 주겠다고 하자 예리나가 의아하다는 듯 묻는다.

"오라방, 오라방이 어쩐 일로 직접 회사에 데려다 주겠다고 하는 거야?"

"으응. 왜 싫어?"

"아니 싫다기보다는. 그런데 언니, 언니도 함께 가는 거야?"

"으응, 나? 예리나가 싫으면 언니는 안 갈 테니 오빠랑 데이트를 즐기던지."

"아니 이 언니가. 언니, 니 지금 무슨 소리를 하는 거야? 오라방의 법적 주인은 어디까지나 언니라고? 그런데 나 보고 언니 것을 가로채는 파렴치한 동생을 만들겠다는 거야 뭐야?"

"……."

'뭐? 내가 경옥이 거라고?'

'얘가 지금 무슨 소리를 하는 거야? 강권 씨가 무슨 물건이야?'

예리나의 히스테릭한 반응에 강권과 경옥은 할 말을 잊은 채 벙 찔 수밖에 없었다. 그런데 예리나의 뒷말이 더 가관이었다.

"뭐, 언니가 오라방을 공유하겠다고 하는 거라면 나는 사양하지 않을 테야."

예리나의 당돌한 말은 강권으로 하여금 완전 두 손을 들게 만드는 것이었다.

경옥이야 이미 예리나와 강권을 공유하기로 결심했으니 그다지 놀란 기색이 아니었지만 그 대담함에는 감탄하지 않을 수 없었다. 하긴 어쩌면 이 대담함 때문에 경옥이 예리나와 함께하려고 했는지 모른다.

경국지색의 예리나가 강권의 곁을 지키고 있다면 누가 감히 강권을 꼬이려 들 것인가?

예리나의 말은 거기서 끝나지 않았다.

"언니가 함께 가야지 그렇지 않음 난 오라방과 함께 가지 않을 거야. 오라방이 너무 잘나서 밖으로 내돌리면 치마를 두른 것들이라면 개나 소나 다 침을 흘리고 덤벼들 거 아냐? 그럼 예리나는 오라방이 신경 쓰여서 아무 일도 하지 못할 거거든."

"허, 이거야. 그렇지만 예리나야 이 오라비는 엔터테인먼트 회사에 가서 꼭 봐야 할 것이 있단 말이야."

"안 돼. 그건 절대로 허락할 수 없어. 언니가 함께 가지 않으면 오라방이 여우 굴로 들어가는 것을 결코 좌시하지 않을 거야."

강권은 기가 막히면서도 예리나의 앙탈이 불쾌하지만은 않았다.

'지깟 게 뭔데?' 하는 생각이 들다가도, 자기 아니면 다른 남자는 거들떠 보지도 않는 예리나의 무한 사랑을 알고 있기 때문이었다.

그렇다고 스토커 짓을 하면 부담스러워 멀리할 텐데

다른 여자와 관계되는 일이 아니면 일정한 선을 유지하고 경옥에게 깍듯하니 애틋할 수밖에 없는 것이다.

경옥이도 그 때문에 예리나를 매우 아꼈다. 결국 강권은 경옥에게 구원 요청을 했다.

"휴우, 여보, 어쩔 수 없이 당신이 함께 가 주어야겠는 걸. 그렇게 해 주겠어?"

"알았어요. 서방님께서 말씀만 하시면 저야 무슨 일이든 해야죠."

"언니, 고마워. 사실 나도 오라방과 함께 가고 싶었거든. 언니와 공유하긴 해도 오라방은 엄연히 내 남자잖아."

"어휴, 요것아. 내가 너 때문에 못산다."

"헤헤, 이 언니야. 나도 언니 때문에 못산다."

두 여자는 뭐가 그렇게 좋은지 시시덕거리면서 상후의 우유와 기저귀를 챙기고 있었다.

강권은 다시 최 기사가 되어 압구정동으로 사모님 두 분을 모셔야 했다.

언제 연락을 받았는지 고수원 회장이 KM엔터테인먼트 앞에서 기다리고 있었다.

"어르신, 어서 오십시오."

"허어, 고 회장님, 나이도 많으신 분이 어르신이라는

표현은 좀 과한 것 같습니다. 그냥 최 이사라고만 불러
주시면 됩니다."

고수원은 강권이 주위를 흘끔거리며 말하자 무슨 뜻인
지 알았다는 듯 금방 말을 바꾸었다.

"아! 예. 알겠습니다. 최 이사님."

"회장님, 안녕하셨습니까?"

"예. 송예리나 씨도 안녕하셨지요? 그렇잖아도 기다리
고 있었습니다."

"에이! 회장님도. 아직 스물도 되지 않았는데 무슨 씨
예요? 그냥 예리나라고 불러 주세요."

"그, 그래도 되겠습니까?"

고수원은 은근 강권의 눈치를 보며 묻는다.

이 물음은 예리나에게 묻는 게 아니라 강권의 의향을
묻고 있는 것이었다.

강권에게 지은 죄도 있고, '밤의 황제' 인 나름 강권이
두렵기도 해서이리라.

강권은 자기가 말을 하지 않으면 고수원이 불편해 할
것 같아 편하게 대해도 된다고 거들어 주었다.

그제야 비로소 고수원은 예리나에게 말을 낮추었다.

"예리나 양, 연예계는 여러 분야가 있는데 예리나 양
은 어느 분야의 트레이닝을 원하지?"

"연예 계통은 다 해 보고 싶어요."

고수원은 예리나의 철없는 말에 즉답을 피했다.

만약 다른 사람이 이렇게 말했다면 '너 따위가 한 분야에 정통한다는 게 얼마나 힘든 것인지 알기나 알아?' 당장에 이렇게 호통을 쳤을 것이다.

하지만 예리나의 후원자는 '밤의 황제'인 최강권이 아니던가.

고수원의 성격상 마음에 없는 아부성 발언을 할 수 없었다.

'D급 연습생이 S급 연습생으로 업그레이드하는데 얼마나 피와 땀이 필요한지 알면 달라지겠지.'

결국 고민 끝에 고수원이 택한 대답은 이 철부지 아가씨에게 쓰디쓴 현실이 어떻다는 것을 보여 주자는 것이었다.

"으음, 예리나 양, 그건… 뭐, 일단 회사를 둘러보면서 얘기를 하는 것이 좋겠지?"

"그야 당근이죠."

예리나의 대답이 어른들의 시각으로 보면 눈살이 찌푸려질 법도 하지만 고수원은 전혀 내색을 하지 않았다.

예리나보다 어린 연습생들을 많이 상대해서 이런 말투가 고수원에게 익숙했기 때문이다.

고수원은 예리나를 위해 자신이 직접 회사 내부를 안내했다.

물론 이런 그의 행동은 순전히 강권의 이름값 때문이었다.

"최 이사님, 연습생들이 트레이닝을 받는 곳은 이곳 4층에서부터 8층까지입니다. 9층에는 당장에 데뷔해도 될 실력을 갖춘 S급 아이들의 연습실이 있지요."

"……."

고수원은 아무 대답이 없어 돌아보니 강권이 창문으로 연습실 안쪽을 넋이 빠져라 쳐다보고 있었다.

'푸훗, '밤의 황제'라고 해도 역시 나이는 속이지 못하는가 보지? 그런데 이곳에는 꼬맹이들만 있는데. 설마 로리콘인가?'

고수원이 이런 의문을 갖는 것은 이곳 4층에는 연습생들의 최하등급인 D급 아이들이 트레이닝을 받는 곳이기 때문이었다.

D급 연습생은 '끼'는 있지만 일반인보다 약간 나은 실력이 있는 정도였다. 그런데 15세가 되고 6개월 안에 위층으로 올라가지 못하면 자동 퇴출이 되고 더 어린아이들도 1년 이상 있을 수 없다 보니 이곳에는 초등학생이 태반이었다.

강권이 그 아이들의 모습을 이처럼 넋을 놓고 보고 있으니 고수원이 그리 생각하는 것도 하등 이상할 것이 없었다.

문제는 그런 고수원에게 또 다른 의구심을 심어 준 사람이 있다는 데 있었다.

"에이, 이 오라방 또 병이 도졌네."

"예리나 양, 그게 무슨 소린가?"

"아! 회장님, 우리 오라방은 기초가 튼튼해야 진짜 실력이 있는 거라고 믿고 있거든요. 아마 나 때문에 애들이 하는 것을 자세히 봐 두려고 저러는 것 같아요."

"예리나 양 때문이라니 그게 무슨 말인가?"

고수원의 물음에 예리나는 잠깐 망설이더니 대답을 했다.

"회장님께선 믿지 못하시겠지만 우리 오라방은 잠깐만 훑어보면 못하는 게 없거든요. 아마 나에게 트레이닝을 시켜 주려고 저러고 있을 거예요."

"예리나 양, 지금 최 이사님께서 직접 예리나 양을 트레이닝시킨다고 했나? 그럼 최 이사님께서는 댄스에 대해서도 정통하시나 보지?"

"헤, 아니에요? 우리 오라방은 싸움은 디빵 잘하는데 댄스하고는 엄청 거리가 멀어요. 대한민국 남자들의 로망인 '뮤즈 걸스'란 걸 그룹이 있다는 것도 아마 모를 걸 요? 우리 오라방은 TV도 뉴스와 다큐만 보거든요."

"헐!"

고수원은 너무 터무니없는 말에 기가 막힌 나머지 자기 나이도 잊고 애들이나 쓰는 신조어를 쓰고 말았다. 그도 그럴 것이 '뮤즈 걸스'가 있다는 것은 모를 수 있지만 이곳에 있는 아이들을 가르치려면 댄스에 반전문가는 되어야 하는데 어떻게 잠깐 보고 댄스 트레이너가 될 수 있겠는가.

고수원의 어이없다는 표정에 예리나는 살짝 기분이 나빠졌다.

예리나에게 있어 강권은 세상에서 단 한 명의 남자이자 신앙과 같은 존재여서 강권을 무시하는 사람에겐 가차없었다.

'차라리 그깟 연예인 안 하면 안 했지. 내 눈에 흙이 들어와도 그런 꼴은 못 봐.'

내심 이렇게 생각한 예리나는 눈을 부라리며 있는 대로 고수원에게 짜증을 부렸다.

그래도 지금까지는 고수원에게 나름 깍듯하게 예의를 갖추었는데 이제는 완전 막가파식의 막장 브루스가 따로 없었다.

"우씨, 이 아자씨가 증말, 짜증 지대로네. 그러니까 아자씨, 아자씨는 지금 우리 오라방의 능력을 무시하고 있는 거 맞죠?"

"헙, 예리나 양, 무슨 그런 험한 말을… 난 살고 싶다네."

"그럼 설명해 봐요. 이 아자씨야."

"예리나 양, 그러니까 말이지 그게… 흐음, 댄스 트레이너가 되려면 최소한 몇 년 이상은 댄스에 미칠 정도는 되어야 어느 정도 가능한 거거든. 그러니까 내 말은 최이사님의 능력을 무시해서가 아니고 예리나 양의 말이 너무 어이가 없다는 거였어."

"그래요?"

예리나는 고수원의 말에 고개를 갸웃거리더니 다시 짜증 섞인 어투로 말했다.

"이 아자씨야, 그게 그 말이잖아요?"

"예리나 양, 절대 그게 아니라니까?"

고수원과 예리나는 한참 티격태격하다가 급기야는 내기까지 거는 사태가 벌어졌다. 내기는 일주일 안에 강권이 댄스 트레이너의 실력을 갖추면 상대가 말하는 실현 가능한 소원을 한 가지 들어준다는 것이었다.

'참, 잘들 놀고 있다. 예리나야 원래 그런 애니 그렇다 쳐도 저 양반이 정말로 대한민국 연예계의 대부로 불리는 천하의 고수원 선생이 맞아? 나이가 들면 애가 된다더니.
쯧쯧.'

19살짜리 철부지와 그 세 배가 넘는 나이 먹었을 늙은
이(?)가 벌이고 있는 별난 장난짓거리에 경옥은 황당한
표정으로 바라보고 있었다.

그런데 이 두 노소 간에 벌어진 기상천외한 싸움(?)의
불똥은 급기야 방관자인 강권에게 튀었다.

"오라방, 들었지? 꼭 실력을 발휘해야 해. 안 그럼 국
물도 없어."

예리나는 댄스 삼매경에 빠져 있는 강권에게 이렇게
협박(?)을 하고야 말았다. 그런데 연습생들이 벌이고
있는 댄스 삼매경에 빠져 있는 강권이 대답을 할 리 없
다.

결국 옆구리를 쥐어 뜯기고서야 그렇게 하겠다는 대답
을 하는 불쌍한(?) 강권. 그리고 그것으로 마치 내기에
이긴 것처럼 의기양양해 하는 폭군 예리나 되시겠다.

그에 비해 고수원은 강권이 아니라 귀신 할아버지가
와도 안 되는 것은 안 되는 거라는 확신을 가졌다.

KM엔터테인먼트의 연습생은 D급부터 S급까지 모두
5단계가 있다. 그런데 한 단계 올라가는 것은 1.8리터짜

리 땀 페트병이 무려 180개가 필요하다는 말이 있을 정도로 엄청 힘들었다.

한 단계 위로 올라가는 것이 아무것도 아닌 것 같지만 연습생들에게는 인생의 무게가 걸려 있으니 그럴 수밖에 없을 것이다.

강권은 오전 11시에 4층에서부터 시작해서 오후 10시 9층까지 점심 시간 1시간을 제하고 무려 열 시간 동안 모든 연습실을 기웃거렸다.

고수원은 강행군에 파김치가 되었지만 강권은 물론이고 두 여자들마저 생생한 모습이었다.

더 이해가 가지 않은 것은 갓 돌이 지났을까 하는 갓난쟁이까지 지치기는 커녕 초롱초롱한 눈망울로 연습생들이 트레이닝하는 것을 지켜보고 있다는 것이었다.

'이것들이 도대체 인간들이 맞기는 맞는 거여?'

고수원이 학을 떼는데 강권의 말이 더 가관이었다.

"예리나야, 한 달 정도만 바짝 정신을 차려서 트레이닝 하면 S급 정도는 가능하겠다. 너 각오는 되어 있겠지?"

"나야 언제든 오라방이 시키면 시킨 대로 하니까 걱정 마."

고수원이 둘이 하는 수작을 보다 못해 참견했다.

강권이 아무리 '밤의 황제'라고 해도 자기 분야인 연예 계통을 너무 무시한다는 서운한 생각에서 다분히 항의 조의 말투였다.

"최 이사님, S급이 된다는 것이 그렇게 간단한 일이 아닙니다. 저래 보여도 저 아이들이 S급이 되기까지 많게는 7년 이상, 못해도 3년 이상은 죽을 각오로 엄청 노력했기 때문에 얻어진 결과란 말입니다."

"하하, 고 회장님, 제가 한 달로 말한 게 서운하셨던 모양입니다. 그렇지만 사실인 걸 어떻게 합니까?"

"예에? 정말이십니까?"

"고 회장님께서는 내기를 좋아하시니 내기해도 좋아요."

"최 이사님께서 그렇게 말씀하시니 응하지 않을 수 없군요."

사실 고수원은 내기하는 것보다는 땀의 진실을 믿는 편이었지만 오늘은 이상하게 거푸 내기를 하게 되었다.

예리나와 내기를 한 것은 나름 속셈이 있었지만 강권과 내기하게 된 것은 어째 말린 느낌이 강하게 들었다. 그럴 수밖에 없을 것이다. 강권은 의도적으로 내기를 한 것이 맞으니까.

"아까 들으니까 예리나와 상대가 말하는 소원 한 가지

를 들어주기로 하시는 것 같던데 우리도 그렇게 하는 게 어떻겠습니까?"

"허, 최 이사님께서 그걸 들으셨습니까?"

"내가 좀 별난 편이라서 집중하는 것과 그렇지 않은 것에 반응 속도가 좀 다르기는 합니다만 내 주위에서 벌어지는 것은 모두 듣고 있습니다."

"좋습니다. 그럼 그렇게 하는 것으로 하죠."

"그렇게 하는 걸로 하지요."

결국 콜.

고수원은 지려고 해야 질 수 없는 내기라고 굳게 믿고 있었다.

'하하, 이걸로 일단 천하의 '밤의 황제'에게 두 가지 짐을 지울 수 있게 된 것인가.'

고수원은 내기에 벌써 이긴 것처럼 희희낙락이었다.

물론 고수원은 '밤의 황제'인 최강권에게 무엇을 요구할 생각도 전혀 없었고, 그럴 만큼 간이 크지도 못했다.

하지만 일단 최강권이 자기에게 거리낌을 갖게 하는 것만으로 대만족이었다. 두 차례 내기에 이긴 것으로 나름 잘나가는 사업가인 고수원에게는 든든한 배경이 될 수 있었기 때문이다.

그런데 고수원이 전혀 생각지 못한 것이 있었으니 강권에게는 무극십팔기라는 전가(傳家)의 보도(寶刀)가 있다는 것이었다.

무극십팔기는 인체의 모든 근육을 활성화시키는 묘용이 있었고 이 말은 인간이 표현할 수 있는 모든 동작을 자유자재로 할 수 있다는 말과 다르지 않았다. 거기에 10시간 동안 눈이 혹사당한 노동의 대가로 댄스에 대해 어느 정도 감을 가질 수 있었다.

그리고 최강권에게는 무엇보다 더 효율적인 무기인 초울트라 슈퍼컴퓨터 급의 '해'와 '달'이 있다는 것이었다.

"니들이 한 번 힘 좀 써봐."

이 한 번의 주문으로 '해'와 '달'은 초현대적인 댄스의 경지를 구현해 내었다. 결과는 다음 날 강권이 댄스 트레이너가 되어 B급 연습생들에게 특별 트레이닝을 시킨 것으로 증명이 되었다.

B급 연습생들은 강권의 외모에서 풍기는 포스(?)에 압도되어 시킨 대로 순순히 따라했고 그들은 각각의 잘못을 고치는 개가(凱歌)를 올렸다.

일류 트레이너도 고치지 못하던 것들을 강권이 연습생들을 잠깐 봐주는 것으로 모두 시정하게 만든 것이다.

전문가인 고수원이 그걸 모를 리 없었다.

고수원은 직접 보고도 믿어지지 않았다.

"어, 어떻게 이럴 수가?"

"아자씨, 우리 오라방의 능력이 어떻다는 것을 봤죠?"

고수원은 변명의 여지가 없이 자기가 졌음을 인정해야
했다.

"그래. 예리나야, 이 아자씨가 졌다. 소원을 말해 보
렴."

"아자씨, 으음, 소원은 말이지? 예리나가 나중에 말하
면 안 될까?"

결국 고수원은 예리나에게 빚 한 가지를 지게 되었다.
고수원은 예리나에게 빚진 것은 크게 걱정되지 않았지만
강권에게 또 질 수도 있겠다는 생각이 들자 마음이 급해
지지 않을 수 없었다.

상대가 천하의 '밤의 황제'가 아니던가?

하지만 불안한 가운데서도 나름 믿는 구석이 있었다.

예리나와의 내기가 강권의 능력에 관한 것이었다면 강
권과의 내기는 예리나의 능력에 관계가 있었기 때문이
다.

통상적으로 S급이 되기 위해서는 최하 3년 이상의 훈
련을 쌓아야 한다는 것이 이 업계의 정석처럼 되어 있다.

일단 예리나의 비주얼은 특급이지만 S급 연습생은 단지 외모만 가지고 평가하는 게 아니다.

물론 연기자가 되는 것이라면 특급 비주얼은 다소 플러스 요인이었지만 연기도 감정을 조절하고 표현한 다는 것이 하루 이틀 연습해서 이룰 수 있는 일이 아니었다.

가수의 길은 더더욱 어렵다. 발성하는 법만 S급으로 익히는데 최소한 3~4개월은 훌쩍 지나간다. 거기에 박자를 맞추는 것도 자질이 없다면 몇 개월을 잡아먹는 것은 일도 아니다.

그뿐만이 아니라 노래에 감정을 제대로 실으려면 역시 몇 개월 정도는 배우면서 스스로 느껴야만 한다.

'예리나가 어느 정도 자질이 있기는 하지만 때려 죽여도 3년 안에 S급이 될 정도는 아니지. 아암.'

고수원은 자신이 있었다.

10년이면 강산도 변한다는데 연예계에 종사한 지 30년도 넘었다. 강산이 무려 세 번 이상 변하는 동안 쌓은 내공의 힘으로 연예인의 자질은 훤히 꿰뚫어볼 수 있다고 자부하고 있었다.

하지만 고수원이 강권의 능력에 대해 제대로 알지 못하는 게 또 있었다.

그것은 무진신공이었다. 무진신공은 오행 중 토(土)에 관한 무공이요, 토는 인체에서 비(脾), 위(胃), 입의 기능과 관계가 있다. 따라서 무진신공을 활용하면 발성법은 따로 배우지 않아도 되고, 무극십팔기를 어느 정도 익히면 오감의 능력이 극대화되기 때문에 절대 박자를 놓칠 일은 없다는 것이었다.

게다가 노래에 감정을 담는 것 또한 봉황음공(鳳凰音功)을 익히게 하는 것으로 어느 정도 해결이 된다.

예리나의 경우에는 무극십팔기는 어느 정도 익히고 있으니 봉황음공에 대해서 배우면 비록 톱가수 반열에 오르지는 못하더라도 S급 연습생이 되는 것은 일도 아니었던 것이다. 결국 고수원은 두 번의 내기에서 모두 질 수밖에 없는 운명인 셈이었다.

—에효, 주인아, 주인이 직접 하는 게 낫지 뭘 골치 아프게 매니지먼트 회사를 차리려고 하냐? 사람 다루는 일이 얼마나 골치 아픈 줄 주인도 잘 알고 있잖아.

"잔말 마. 니가 뭘 알아서 함부로 참견하고 있어? 그리고 '해' 는 시키면 시킨 대로 군소리 없이 알아서 착착

하고 있는데 '달' 니는 왜 그 모양이지? 국으로 잠자코 시킨 거나 제대로 하란 말이다."

―아이고, 주인아, 니는 모르지. 점잖은 강아지가 부뚜막에 먼저 올라가고, 얌전한 아가씨일수록 뒷구멍으로 호박씨를 깐다는 사실 말이야.

"됐다고. '달' 니가 '해' 반만 따라서 하면 내가 엄청 예뻐해 줄 건데 말이지."

강권은 '달'에게 면박을 주고는 10여 일 동안 '달'이 해 놓은 것을 살펴보았다. 그런데 이건 가관이었다.

"아니 이게 뭐야? 종합 매니지먼트 회사를 차리라고 했더니 무슨 탈법, 편법 총집합한 거야 뭐야? '달' 니도 참 용하다. 어떻게 이렇게 교묘하게 불법만 안 되게 하는 방법을 집대성해 놓을 수 있는 거냐."

―멍청한 주인아, 자본주의 사회에서 회사라는 게 이익 창출이 주목적이 아니겠냐? 나는 이러한 정의에 따라서 머리를 싸매고 만들었단 말이다. 그런데 내 수고를 몰라주고 그렇게 말하다니. 아! 나는 주인을 잘못 만나 너무나 슬픈 아티펙트다. 흑흑흑.

"이 멍청한 아티펙트야. 내가 종합 매니지먼트 회사를 세우려는 궁극적 목적이 뭐야? 매니지먼트 활동을 통해서 세상 사람들의 마음을 움직인 거라고 했지? 그럼 이익 창출은 회사가 돌아갈 수 있을 정도에서 조금만 더 이익을 내면 된단 말이다. 그런데 니가 기안한 방법대로 회사를 운영하면 단기적인 이익이야 낼 수가 있겠지만 결국 세상 사람들이 등을 돌릴 것이란 말이다. 이 멍청한 아티펙트야, 니는 빈대 한 마리 잡으려다 초가삼간을 태운다는 속담의 진정한 뜻을 알고나 있는 거냐?"

'달'은 강권의 말에 이것저것 따져 보더니 딴에 찔리는 게 있는지 조개처럼 입을 다물었다.

'달'이 욕심은 많지만 멍청하지는 않아 어떤 방법을 써야 장기적인 이익이 난다는 것 정도는 알 수 있기 때문이리라. 게다가 '달'은 강권이 궁극적으로 꾀하려는 것이 세계인들을 홀려 정신적으로 지배하려는 것임을 잘 알고 있지 않던가.

강권은 그런 '달'에게 니 팔뚝 굵다고 한마디 해 주고는 뭐라고 대꾸하기 전에 '해'에게 물었다.

"'해'는 작사, 작곡하는 것에 좀 진척이 있어?"

—주인님, 주인님께서 언급하신 미국 빌보드 차트의 히트곡 300여 곡, 영국 유케이 차트에서 100여 곡, 일본 오리콘 차트에서 100여 곡, 우리나라 **가온 차트에서 100여 곡, 대표적 K—Pop 50여 곡 등 총 700여 곡을 엄선해서 분석하고 있는 중입니다. 그런데 히트곡을

작곡하는 방법은 나름 정리가 되고 있습니다. 다만 작사의 경우는 각 나라들마다 정서가 달라서인지 공통점을 찾기가 어렵습니다. 특히 K—Pop의 노랫말을 분석하다 너무 헷갈리게 해 놓은 게 많아서 진척이 거의 없습니다. 젠장, 아무리 그래도 그렇지 의미도 통하지 않는 말로 노래를 만든 답니까?

강권은 그동안 '해'가 해 놓은 것들을 살펴보다 깜짝 놀랐다.

'해'가 겸손하게 말하느라고 진척이 없다고 했지만 10여 일 동안 700여 곡을 모두 분석해서 100여 곡을 만들어 놓기까지 했으니 이건 엄청나다고 해야 맞을 일이었다.

게다가 '해'가 만들어 놓은 곡들을 들으니 대부분 꽤나 괜찮게 만들어진 것들이어서 더 그랬다.

그런데 전혀 문제가 없는 것은 아니었다.

'이 정도면 거의 명곡 수준이로군. 그런데 범생이인 '해'가 만들어서 그런지 너무 클래식한 것이 K—Pop처럼 확 끌어당기는 달달한 중독성은 없는 것 같군. 이래서야 어디 돈 좀 긁어모으고 사람들을 홀릴 수 있겠나?'

그렇지만 대단한 것은 대단한 것이었다.

이것은 '해'가 휴식이 필요 없는 아티펙트가 아니라면 도저히 될 수 없는 일이었다.

강권이 나름 아쉬워하면서도 감탄하고 있는데 '해'가 작사에 거의 진척이 없다고 말한 것을 트집 잡아 '달'이 힐난을 했다.

—에이, 멍청이. 여태 그걸 못 끝냈단 말이야? 내가 했으면 벌써 끝났을 텐데 말이야. 멍청한 주인이 멍청한 '해'에게 맡겼으니 진척이 있을 리 있겠어?

강권에게 좋은 소리를 듣지 못한 것에 꽁해 있었던 모양이다.

강권은 '달'의 말마따나 이들에게 임무를 잘못 배분한 것 같다는 생각이 들었다. '달', 이 녀석은 종합 매니지먼트 회사를 설립하는 기안을 만들라고 했더니 교묘하게 법망을 피해서 돈을 만들 수 있는 방법만 잔뜩 늘어놓고 있었다. 반면에 '해'는 너무 고지식하게 정석대로만 곡을 만들고 있었다.

하나는 미꾸라지처럼 뺀들거리기만 하고 또 다른 하나는 FM만을 고집하여 답답하기만 하니 제대로 될 일이 아니라는 생각이 들었다.

물론 인간으로서야 도저히 할 수 없는 것들을 해 놓은 것은 사실이었지만 강권의 마음에 흡족한 것은 아니었다.

사실 창작이란 것이 정석만을 추구한다고 될 일이 아닌 것이고, 회사를 설립하려는 것이 탈법만을 일삼는다면 이 또한 제대로 된 일이 아니지 않겠는가.

결국 강권은 '해'와 '달'의 임무를 맞바꿔 주어야 했다.

"알았어. '달' 네가 작사, 작곡을 맡아. 그리고 '해'는 '달'이 기안한 종합 매니지먼트 건을 다시 검토해서 기안해 봐."

—예. 알았습니다. 주인님.

'해'는 미안한 듯 재깍 대답을 했는데 '달'은 그게 아니었다.

—주인아, 내가 잘해 놓은 것을 왜 저 멍청한 '해'에게 시키냐? 저 녀석은 내가 잘해 놓은 것을 다 흐트러뜨려 놓는단 말이다.

"웃기고 있네. '달' 네 녀석이 해 놓은 것이 어떤 줄이나 알아? 회사를 세우려고 기안을 하라고 했더니 네 녀석은 어떻게 법망을 교묘하게 피하는 방법만 열거해 놓은 거냐? 그래 갖고 회사가 제대로 돌아가겠어? 그러니 바로 잡아야 할 거 아냐?"

둘이 임무를 교대하자 어느 정도 강권의 생각에 근접한 결과가 나왔다.

우선 '해'는 각 시장(나라)별로, 그리고 분야(종목)별로 회사의 운용 방안에 대해서 다르게 기안했다. '달'이 세운 기안도 참조한 듯 시장에 따라 어떤 시장에서는 이익을 추구했고, 어떤 시장에서는 인망을 추구했다.

특이할 만한 것은 무극십팔기를 이용한 스포츠 분야의 진출을 적극적으로 검토하고 있다는 점이었다.

"하! 이거 말 되네. 무극십팔기를 수련시키면 동체 시력이 엄청 뛰어날 테니 스포츠에서는 반은 먹고 들어간다는 거 아냐?"

동체 시력이 뛰어나다는 말은 순발력이 뛰어나다는 말과 같다. 어떤 종목의 스포츠든 순발력이 뛰어나면 그만큼 유리하다.

축구에서는 드리블과 수비에서 배나 효과적인 결과를 얻을 수 있다. 야구에서도 마찬가지다. 타격과 수비에서 탁월한 결과를 얻을 수 있다. 그 외에도 태권도나 복싱 같은 격투기, 배구나 탁구 같은 구기 종목, 심지어는 육상에서도 상당히 기록을 단축시킬 수 있다.

물론 '달'이 해 놓은 것 또한 '해'가 해 놓은 가치에 결코 뒤지지 않았다.

'달'은 작사와 작곡을 하는데 심리학적인 접근법을 사

용해서 심리를 파악해서 했고, 강권이 예리나에게 가르치는 봉황음까지도 이용을 했다.

봉황음은 인간의 마음을 움직이는 음공이니 '달'이 작곡한 곡들은 누가 들어도 감명을 받을 수밖에 없었다.

심지어 서원명의 전생에서 주워들은 22C, 23C 음악까지도 참고를 했다는 점에서 첨단의 극치를 달리는 음악성을 담보하기까지 했다.

또 하나 재미있는 것은 각 나라 별로 먹힐 만한 곡을 따로 분류했다는 점이다.

이윤 추구를 극대화하려는 '달'의 성격에 걸맞게 작곡한 100여 곡 중에서 가장 시장이 큰 미국에서 통할만한 곡이 무려 50여 곡에 달했다.

이것들은 '해'와 '달'이 불과 20여일 만에 이룬 업적(?)들이었다.

그 결과는 강권뿐만 아니라 다른 사람들도 대만족이었다.

'달'이 작곡한 곡으로 예리나가 노래를 한 결과 오디션을 담당한 심사위원들 대부분이 천상의 노래라는 평을 했다고 한다.

*삼수갑산(三水甲山) : '삼수'는 함경남도 북서쪽 압록강 지류에 접하고 있는 지역의 지명이다. '三水'라는 이름에서 짐작할 수 있듯이 삼수는 세 개의 큰 물줄기가 합류하는 곳이다.

통상 큰물에 가까운 곳은 평균 기온이 낮게 마련이다. 그런데 이 '삼수' 지역은 대륙성 기후의 영향까지 더해져서 한반도에서 가장 추운 지역 중의 하나에 속한다. 게다가 서울에서 보면 가장 북쪽에 있는 곳에 속한다. 말하자면 '삼수'는 추운 지역일 뿐만 아니라 접근이 용이하지 않은 오지 중의 오지라는 말이다.

이에 대해서 '갑산'은 함경남도 북동쪽 개마고원의 중심부에 위치하고 있다. 한반도에서 가장 높은 지역이 개마고원이고 보면 그 중심에 있는 갑산이 얼마나 살기가 척박한 곳인지 능히 짐작이 갈 것이다.

이처럼 '삼수'와 '갑산'은 한반도에서 가장 험한 오지인 데다가 추운 지역이어서 살기가 불편한 지역 중의 한 곳들이다.

그렇기 때문에 조선시대에는 이들 지역은 대역죄인들을 귀양 보내는 귀양지로 손꼽았고 이들 지역으로 한 번 귀양 갔다 하면 살아 돌아오기 어려웠다고 한다.

따라서 '삼수갑산'은 '험하고 추운 오지', '유배지'라는 의미에서 몹시 어려운 지경이나 최악의 상황에 빗대어 썼다.

즉 '삼수갑산을 가더라도'는 설사 나중에 최악의 상황에 처하게 되더라도 지금은 이렇게 할 것이라는 자신의 결연한 의지를 밝힐 때 관용어처럼 쓰는 말이다.

흔히들 이 '삼수갑산'을 '산수갑산'으로 잘못 알고 있는 경우가 많은데 삼수갑산이 바른 사용례다.

**가온차트:문화체육관광부가 국내 음악 산업의 발전을 위해서 공정성을 담보할 수 있는 공인된 대중음악 차트가 필요하다는 의견에 따라 가요계와 음반업계 등의 '음악 산업 진흥 계획'의 일환으로 추진하여 2010년 2월 23일 출범하였다.

　　가온차트의 산출 기준은 국내 6개 주요 음악 서비스 사업자와 이동 통신사에서 제공하는 음악 서비스의 온라인 매출 데이터, 국내 주요 음반 유통사, 해외 직배사의 오프라인 음반 판매량, 음원과 음반의 매출액이다. 가온차트는 한국음악콘텐츠산업협회가 운영·관리하고, 문화체육관광부가 후원하는데 '가온'이란 '가운데', '중심'이란 의미의 순우리말이다.

　　가온 차트의 집계 부문은 가온 종합 차트, 디지털 종합 차트, 온라인 차트, 모바일 차트, 앨범 차트 등 모두 5가지가 있는데 주간 단위로 집계하여 1위부터 100위까지의 순위를 발표한다.

　　1)가온 종합 차트:6개월에 한 번씩 국내에서 발매되는 오프라인 앨범 판매량을 합산하여 순위를 산정한다.

　　2)디지털 종합 차트:온라인, 모바일, BGM 차트를 총집계해서 순위를 산정한다.

　　3)온라인 차트:온라인 음원 및 앨범 판매수와 스트리밍 서비스를 기준으로 집계한다.

　　4)모바일 차트:국내 이동 통신사의 통화 연결음과 벨소리 인기 순위를 기준으로 집계한다.

　　5)앨범 차트:국내에서 판매되는 국내외 앨범 판매량을 총집계해서 산정한다.

제4장
세계를 상대로 뻥을 치다

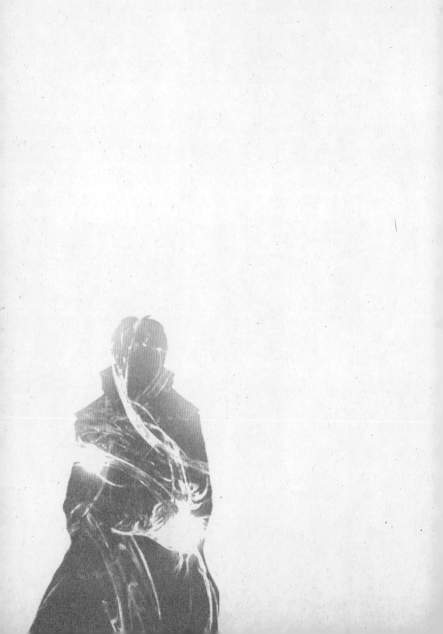

"여보, 이게 뭐예요? '미리내' 아니에요?"

경옥은 드라이브를 가자는 말에 별 생각 없이 따라나섰다가 느닷없이 나타난 '미리내'에 깜짝 놀라 묻는다.

강권은 그럴 줄 알았다는 듯 태연하게 대답했다.

"으응, 맞아. '미리내'야."

"여보, '미리내'는 서 의원님께 드리지 않았어요?"

"하하하, 우리 마눌님, 내가 누군지 잘 알면서 그러시네. 물론 서 의원에게 준 것도 '미리내'가 맞기는 맞지. 그렇지만 그건 어디까지나 실험 작품일 뿐이야. 진짜로 좋은 것은 우리가 가져야 하는 것 아니겠어?"

"그렇다면?"

"이게 진짜 알짜배기 '미리내'지. 타 보면 더 놀랄걸?"

강권의 장담대로 경옥은 미리내에 탑승하자마자 놀라 뒤집어졌다.

겉에서 보기에는 딱 2인용 스포츠카 정도의 크기인데 안으로 들어서자 내부는 족히 10여 평은 되어 보였고 거기에 복층이었기 때문이다. 어디 그뿐이랴? 비록 코딱지만큼씩이나 작기는 하지만 '미리내' 내부에는 침실, 식당, 거실, 욕실, 바 등 어느 정도의 편의 시설을 죄다 갖추어 놓고 있었다.

이 정도면 거짓말 좀 보태 호화 빌라가 부럽지 않을 정도였다.

"아니 여보, 어떻게 이럴 수가 있지요?"

"마누라. 그대는 이 서방님이 마법을 할 수 있다는 것을 알고 있겠지? 또 마법에는 공간 마법이 있다는 것쯤은 알고 있을 테고. 물론 내가 지금 공간 마법을 쓸 수 있다는 말은 아니지만 인챈트할 수는 있을 정도는 되거든."

"그럼 이모님과 예리나도 함께 가는 것이 어떻겠어요?"

"이모님은 몰라도 예리나는 앨범 작업을 하느라 바쁠

텐데…….”

“간단히 드라이브할 것인데 아무리 바쁘더라도 잠깐 시간을 낼 여가가 없겠어요?”

강권의 의도는 G7 정상들과 중국과 러시아 정상들과의 약속이 잡혀 있는 10월 3일까지 경옥과 오붓하게 여행을 하려고 했다.

유람선을 타고 가는 여행은 아니지만 ‘미리내’를 타고 대양을 누비면 전혀 멀미를 하지 않으니 어지간한 크루즈 여행보다 훨씬 좋겠다는 생각을 했다.

그런데 그런 강권의 계획을 알지 못하는 경옥은 예리나 모녀와 함께 가자고 하는 것이다.

강권은 경옥의 말에 가볍게 한숨을 내쉬며 대꾸했다.

“휴, 알았어. 고 회장하고 예리나의 일정을 상의해 보도록 하지.”

말이 상의지 고수원 회장에게는 통보만 하면 그뿐이었다.

외부적으로는 KM엔터테인먼트가 독립적으로 존재하고 있지만 KM은 내부적으로는 ‘환’ 종합 매니지먼트의 자회사에 불과했다. KM엔터테인먼트의 총 70%에 육박하는 주식을 보유한 실질적 오너인 고수원 회장이 ‘환’ 종합 매니지먼트의 자회사가 되겠다고 했기 때문이다.

아니 '환' 종합 매니지먼트의 주식과 KM엔터테인먼트 주식의 가치는 1:10으로 하기로 이미 계약을 체결한 상태였다.(강권은 이미 KM엔터테인먼트 주식을 20%가 넘게 보유하고 있었다. 고수원 회장과 강권이 전체 주식의 90% 이상을 갖고 있는 셈이었으니 다른 소주주들의 반기는 즉각 기각되었다.)

물론 용의 꼬리보다 닭의 머리가 낫지 않느냐고 말하는 주주들도 없는 것은 아니었다. 하지만 강권이 제시한 조건은 너무나 기막힌 것이었다.

고수원은 기꺼이 '환'의 자회사가 되기로 했다. '환' 종합 매니지먼트사의 청사진과 KM의 독립을 보장.

사실 이 정도의 조건만 해도 그리 나쁘지 않았다. 그런데 이건 딱 대박이라는 포스를 풍기는 무려 100여 곡에 달하는 신곡을 듣는 순간 고수원은 KM엔터테인먼트사가 기꺼이 '환' 종합 매니지먼트의 종속 회사가 되겠다고 간청해야 했다.

고수원이 들은 100여 곡 중에는 미국에서 히트 칠 수 있는 곡이 50여 곡이요, 그에 버금가는 시장인 유럽과 일본에서 통할 곡이 30여 곡이었다.

미국에서 히트가 되면 곡당 수백만 달러를 벌 수 있는데 그런 곡이 50여 곡이라면 부와 명예가 예약된 것이나 다름이 없었다.

물론 KM엔터테인먼트사의 몫은 그중 20%에 불과했지만 그걸 따지기 이전에 인지도의 상승만으로도 엄청난 자산 가치가 될 것이 틀림없었다. 따라서 KM이 '환'의 종속된다는 것이 고수원으로서는 결코 손해가 아닌 것이다.

만약 그렇지 않는다면 강권의 소름 끼치는 능력으로 봤을 때, '환'에 속하지 않으면 KM의 공중분해는 시기상의 문제일 뿐이라는 판단도 적지 않게 작용했을 것이다.

"고 회장님, 예리나의 앨범 작업은 어떻게 되어 가고 있습니까?"

"아! 최 이사, 자네에게 보고서를 보냈는데 아직 보지 못했는가 보지? 보고서를 안 본 것 같으니 내가 간단하게 보고해 주겠네. 예리나 양의 앨범 작업은 12월 초에 마무리를 짓고 12월 중순부터는 본격적인 방송 활동을 시작해서 크리스마스와 연말연시를 겨냥하는 것으로 계획을 세워 놓고 있네."

"그래요? 그러면 한 일주일 정도 예리나의 시간을 뺏어도 크게 문제되지 않겠네요?"

"이번에 작업하는 것이 *정규 앨범이지만 예리나 양이 워낙 잘해 줘서 일주일 정도 시간을 내는 것이야 크게 문제는 없을 것이네. 하하하, 그게 아니더라도 자네가 예리나 양의 시간을 뺏겠다면야 내 흔쾌히 허락을 하겠네. 그렇지만 예리나 양이 하루빨리 데뷔하고 싶어서인지 10월 초에 음반을 내겠다고 저렇게 난리를 치고 있다네. 이번 앨범에 수록될 10곡 중에서 벌써 5곡을 녹음해 놓았을 정도라네. 그러니 예리나 양의 시간을 내는 것은 본인에게 직접 물어보도록 하게."

강권은 예리나의 극성 맞은 성정을 생각하자 안 봐도 비디오라는 생각이 들었다. 그런데 고수원의 말에서 이해가 되지 않는 것이 있었다.

요즘에는 CD가 거의 팔리지 않아 매번 100만 장 이상 팔아치우던 대형 가수들도 정규 앨범은 내지 않는다고 언뜻 들었던 적이 있었기 때문이다.

'그런데도 신인 가수인 예리나에게 정규 앨범을 제작한다고?'

연예 계통을 잘 모르는 강권도 뭔가 이치에 맞지 않는다는 생각이 들었다.

어쩌면 자기의 체면을 세워 주려고 그럴 수도 있겠다는 것에 생각이 미치자 고수원에게 물었다.

"회장님, 그런데 예리나의 앨범이 싱글 앨범이 아니고 정규 앨범입니까?"

"하하, 최 이사. 예리나 양은 섹시해서 일본에서도 통할 것 같아서 오히려 처음부터 일본 시장에 주력하려고 그러는 거라네. 또 최 이사가 준 곡 중에서 일본 P엔터테인먼트 등 몇몇 곳에 대여섯 곡을 뿌렸더니 그쪽 엔터테인먼트들이 적극적으로 협조해 주겠다고 했으니 기대해도 좋을 거네."

"그래요? 전문가이신 회장님께서 잘 알아서 하시겠지요."

"참, 최 이사. 저작권료는 곡당 계약금 1,000만 엔에 성과급으로 받기로 했으니 나중에 따로 정산하기로 하세. 계약금이 1,000만 엔에 불과해서 실망할지 모르겠지만 성과급은 최소한 열 배는 될 것이니 기대해도 좋을 것이네."

다섯 곡의 저작권료만도 강권에게 들어올 돈이 4,000만 엔이니 한화로 따지면 6억이 넘었다. 거기에 성과급이 그 10배라도 60억이 좀 넘을 것이다.

하지만 수 조원을 주무르는 강권에게는 그 정도의 돈은 푼돈에 불과해서 그닥 감흥이 나지 않았다.

"알겠습니다. 예리나는 전화가 되지 않던데 지금 녹음

작업하고 있는 중입니까?"

"하하하, 아니라네. 지금 이 시간이면 아마 일본어 교습을 받고 있을 거야. 예리나의 앨범이 나올 무렵에 일본 후지 TV에서 쇼케이스 형식으로 출연시켜 주겠다는 제의를 해 와서 예리나 양이 일본어를 배우고 있다네. 최 이사의 곡을 받은 P엔터테인먼트사가 후지 TV 계열이어서 거기에서 손을 써 준 거지. 그쪽에 준 곡보다 좋은 곡들이 10여 곡 더 있다고 하니까 잘 보이려고 난리들이 아닐세. 일본 엔터테인먼트사와 상당히 오랫동안 교섭을 해 왔지만 이렇게 어깨에 힘줘 보기는 또 처음일세. 그것이 다 자네를 만났기 때문이 아닌가. 정말 고맙네. 자네는 내 일생의 귀인일세."

고수원 회장은 신이 나는지 목소리에 잔뜩 힘이 실려 있었다.

그게 강권의 마음을 흡족하게 했지만 귀인이니 뭐니 하는 말에는 좀 부담이 되어 가볍게 한숨을 내쉬며 말했다.

"휴우, 회장님, 잘 알았습니다. 그런데 예리나에게 전화 좀 해 달라고 전해 주시겠습니까?"

"아! 알겠네. 내가 직접 가서 전하도록 하지. 조금만 기다리게. 금방 가서 전할 테니."

"회장님, 굳이 그러실 필요까지는 없는데요."

"하하하, 아닐세. 내가 좋아서 하는 일이네. 이 기회를 빌려 우리 예쁜 예리나 양의 얼굴을 한 번 더 보니 얼마나 좋은 일인가."

'휴우, 이 양반하고는. 서로 사업 파트너로 이용하는 관계일 뿐인데 이렇게까지 하면 난 어떻게 하라는 거야?'

이처럼 강권에 대한 고수원 회장의 신뢰와 정성은 천살문도에 버금갈 정도였다.

강권은 나이도 어린 자신에게 너무 극진하게 대하다 보니 그게 부담이 되어 거리를 두지 않을 수 없었다.

천살문도들이야 사문의 까마득한 후손들이라 큰 상관이 없었지만 사업 파트너인 고수원은 또 달랐던 것이다.

예리나는 요새 이것저것 배우느라고 몸은 고단해도 아주 살판이 나 있었다. 불과 1년 전만 해도 코마 상태인 엄마의 치료비를 마련하기 위해서 생판 모르는 남자에게 몸을 팔려고까지 했었다.

그런데 지금은 엔터테인먼트 회사에서 인정을 받고 가수가 되기 위해 앨범을 제작하고 있었다.

앨범 제작을 위해서는 하루 종일 목이 터져라 같은 노래를 반복해서 부르는 피곤함을 피할 길이 없었지만 그건 예리나에게 행복을 온몸으로 느끼는 것이었다.

'호호호, 내 노래가 CD로 나온다니. 아직도 꿈만 같지 뭐야.'

아직 자기 모습이 TV에도 나오지 않아 자기가 가수가 된다는 것을 실감할 수는 없었지만 12월 중순경에 일본 후지 TV에 출연하기로 예약이 된 상태였다.

그래서 지금 일본어를 배우고 있는 중이었다.

엄마가 갑자기 뺑소니를 당해 고등학교를 중퇴했지만 당시 제2외국어가 일본어여서 일본어가 그리 낯설지만은 않았다.

또 학교 다닐 때는 전교에서 몇 등 정도는 아니었지만 반에서 10등 안에는 들어갈 정도로 나름 공부를 잘한 편에 속했었다.

그래서 그런지 배우는 속도가 워낙 빨라 일본어 강사인 모아가 머리가 좋다고 입에 침이 마르도록 칭찬이 자자했다.

자기는 일본어를 배울 때 엄청 힘들었다나 뭐라나.

'모아 언니 말처럼 내가 이렇게 머리가 좋았었나?'

이런 의문이 들 때도 있지만 사실 그건 아니라는 생각

이 들었다. 학교에 다닐 때는 이 정도는 아니었다는 게 예리나의 생각이었다.

'아마도 오라방이 가르쳐 준 도인 체조와 무진신공 때문일 거야.'

물론 예리나는 자기가 모르는 사이에 강권이 자기의 혈을 뚫어 주고 머릿속에 있는 노폐물을 빼내 주어서 그런 능력을 발휘할 수 있다는 것을 알지 못했다. 하지만 예리나에게 있어 강권은 이미 생활이 되어 있었다.

"예리나야, 예리나야, 무슨 생각을 그렇게 골똘하게 하고 있지?"

"아! 예… 아니오."

"호호호, 예리나야, 네가 멍을 때리는 장면이 내 핸드폰에 저장이 되어 있으니 나에게 잘 보여야 할 거야. 그렇지 않음 인터넷에 확 올려 버릴 거야. '멍때리'로 말이야."

"에이! 언니도 이 예쁜 예리나에게 '멍때리'가 뭐예요?"

"호호호, 그러니까 '멍때리'가 더 어울리지. 이렇게 예쁜 예리나가 이따금 멍을 때리는 버릇이 있다면 사람들이 더 열광하지 않을까?"

오늘 일본어 진도를 모두 끝내고 이렇게 선배 가수이

자 일본어 강사인 모아와 잡담을 주고받고 있는데 고수원 회장이 빠끔히 문을 열더니 들어오며 말했다.

"예리나 양, 오늘 일본어 교습이 끝났나 보지?"

예리나가 미처 대답하기도 전에 모아가 고수원에게 빽소리를 질렀다.

"아니, 삼촌, 예전에 내가 일본어를 배울 때는 아무런 관심도 없더니 예리나에게는 풀 방구리에 쥐 드나들 듯 걸핏하면 오고 이게 뭐예요? 이제 이 모아는 찬밥 신세란 거죠?"

"아니 모아야, 무슨 말을 그렇게 서운하게 할 수 있냐? 어떻게 니가 찬밥 신세겠어? 아직도 너는 나의 돈줄이란 말이다."

"예. 회장님. 그만 잊어 주세요. 이번 계약만 끝나면 이 찬밥은 다른 곳으로 갈 테니까 예쁜 예리나나 계속 보고 계시라고요."

"하하하, 모아야, '갈 테면 가라지.'란 노래 알아? 잡지 않으마. 하지만 가기 전에 알아야 될 것이 있어. 우리 예쁜 예리나 양의 오라버니인 최 이사님께서 빌보드 차트에 톱 랭크될 게 확실한 따끈따끈한 신곡을 무려 50여 곡이나 작곡해 놓으셨걸랑. 그중 몇 곡은 너에게 갈 수도 있는데 다른데 팔아먹지 뭐. 그런 곡을 팔면 몇 백만 달러를 받을 수도 있는데 잘됐지 뭐야."

"에이, 삼촌은. 사내대장부가 그깟 일로 삐지기까지 하고 그러셔. 이 모아는 KM에 말뚝을 박겠다고 내가 말 안 했었나?"

고수원의 장점 중 하나는 소속사 가수들과 이렇게 농담을 주고받을 정도로 격의가 없다는 것이었다. 그도 그럴 것이 그의 작품 중 하나인 '뮤즈 걸스'에는 친조카가 있었기 때문이다.

한참을 호탕하게 웃던 고수원은 예리나의 얼굴을 보더니 정색을 하며 말했다.

"참, 잊을 뻔했군. 예리나야, 최 이사님이 전화를 해 달라고 하시던데 얼른 전화를 드려라."

"예. 오빠가요? 무슨 일로요?"

"그건 잘 모르겠고. 한 일주일 정도 시간을 내라고 그러시는 것 같던데."

"예. 알았어요. 회장님, 지금 전화를 드릴게요."

"오라방, 무슨 일로 전화를 하라 했어?"

─응, 한 일주일 온 가족이 함께 유람을 가려고 하는데 너 시간 좀 내라.

"오라방, 갑자기 웬 유람?"

─응, 10월 2일 정오에 미국 동부 해안도시인 노퍽에서 누구랑 만나기로 했걸랑. 그래서 떡본 김에 제사 지낸다고 이번 기회에 아예 식구들이랑 함께 세계 일주나 하려고.

온 식구들이 함께 여행한다는 것은 예리나로서도 싫지 않았다.

하지만 10월 초에 앨범을 내고 본격적으로 가수가 되려고 하는 생각에 마음이 급해져 있는 예리나는 망설이지 않을 수 없었다.

'선배들 얘기를 들어 보니까 앨범을 내면 몇 개월 동안은 눈코 뜰 새 없이 바빠서 가족들 얼굴도 제대로 못 본다고 하던데 앨범 내기 전에 미리 갔다 올까?'

사실 예리나는 다른 사람은 몇 개월 보지 않아도 참을 수 있을 것 같은데 강권의 얼굴을 일주일만 못 보면 참을 수 없을 것 같았다.

연예인이 되고 싶은 마음은 굴뚝같지만 강권의 얼굴을 보지 못한다면 예리나가 연예인이 되는 의미는 없을 것이다.

결국 예리나는 여행을 가기로 마음먹었다.

"오라방, 미국에 갔다가 한국에는 언제 와?"

─그날 오후에는 올 수 있어. 그러니까 한국 시간으로

는 10월 3일 오후가 되겠지.

"어? 뉴욕에서 서울 오는데 비행기 시간이 14시간이나 걸린다고 그러던데 당일에 올 수 있다고?"

—응. 내가 타고 오려는 것은 여객기보다 훨씬 빠르거든. 넉넉 잡고 두세 시간이면 집에 올 수 있을 거야.

"오라방, 무슨 비행기인데 미국에서 오는데 두세 시간밖에 안 걸린다는 거야?"

—하하하, 조금 후에 직접 보여 줄 테니까 궁금해도 조금만 참아. 참, 일본어 교습이 끝나면 오늘 일과가 없다던데 일본어 교습은 끝났니? 끝났으면 데리러 갈게.

"응, 방금 끝났어. 오라방 언제 데리러 올 거지?"

—넉넉 잡고 한 시간만 기다려. 그럼 한 시간 후에 회사 정문에서 보기로 하자.

"응, 알았어. 대충 정리하고, 샤워하면 얼추 시간이 맞겠네. 그럼 오라방, 그때 봐요."

예리나가 전화를 끝내자 옆에서 지켜보고 있던 모아가 물었다.

"그 오빠라는 분, 혹시 외사촌 오빠니?"

"아니. 내 평생에 한 남자."

"야! 너 굉장하다. 수백만 달러짜리 곡 50여 곡을 만들 정도면 엄청난 인재인데 언제 사귀게 되었냐?"

"푸흣, 이 언니 웃기셔. 내가 언제 사귀었다고 했나? 내가 그냥 짝사랑한다는 거지."

모아는 믿기지 않는다는 듯 예리나의 얼굴을 이리저리 훑어보고는 고개를 갸웃거리며 말했다.

"예리나야, 너 혹시 성형한 거 아니니?"

"아니야. 그런데 이 언니 오늘따라 정말 웃기시네. 머리는 뒀다 뭐에 쓸려고. 생각을 해 봐. 만약 내가 성형을 했다면 이렇게 쌩얼로 다니겠어?"

"그래. 그래서 내가 더 헷갈려 하는 것 아니냐. 세상의 어떤 남자가 너처럼 예쁜 애를 짝사랑하도록 놔두겠어? 그전에 자기 것으로 만들어 버리지."

모아의 그 말에 예리나가 깔깔거리고 웃으며 말했다.

"언니, 만약에 언니가 남자라고 가정하고 내가 홀딱 벗고 언니 앞에 서면 언니는 어떻게 하겠어?"

"이 바보야. 그걸 질문이라고 하냐? 니가 홀딱 벗기도 전에 꿀꺽 삼켜 버리지 옷을 홀딱 벗게 냅두냐?"

"호호호, 그런데 말이야. 우리 오라방은 내가 두 번씩이나 홀딱 벗고 끌어안고 뽀뽀하고 난리 브루스를 추는데도 꿈쩍도 안 하더라. 우리 오라방은 보통 그런 사람이야."

"뭐어? 니네 오빠 몇 살인데? 엄청 늙은 거야? 어! 아니지. 늙은 소가 해콩을 밝힌다고 늙은이일수록 영계를 더 밝히는데. 그렇담. 혹시 니네 오빠 고자 아니냐?"

예리나는 모아의 고자 아니냐는 질문에 기분이 상했는지 툭 쏘아붙인다.

"이 언니가 시방 뭐라고 씨부렁거리는 거야? 언니, 우리 오라방은 고자가 아니고 뻘떡이다, 뻘떡. 그리고 나이도 이제 스물세 살밖에 안 됐어. 한마디 더 할까? 언니도 우리 오라방을 보면 줄줄 싼다. 줄줄 싸. 왜, 됐어?"

"예리나야, 왜 그렇게 열을 내고 그래? 남자들이 보통 그렇다는 거지. 그건 그렇고, 니네 오빠는 어떤 사람이기에 너처럼 예쁜 애가 홀딱 벗고 유혹하는데도 꿈쩍을 안한 대니?"

"응, 우리 언니가 나보다 더 예쁘걸랑."

"뭐어? 니네 오빠가 스물세 살밖에 안 됐는데 벌써 결혼했다고? 아무리 그래도 그렇지 세상의 모든 남자들은 열 여자 마다하지 않는다고 했는데?"

"됐네요. 우리 오라방은 아니거든."

두 여자가 이렇게 수다를 떨고 있는데 예리나의 핸드폰이 울렸다.

"어! 오라방이다. 30분도 지나지 않은 것 같은데 벌써 왔나?"

예리나가 전화를 받자 금방 도착할 것이니 정문으로 나오란다.

예리나가 "오키." 하고는 부리나케 정문으로 달려가자 모아도 같이 가자며 행여 놓칠세라 황급히 뒤를 쫓았다.

정문에서 기다린 지 1~2분이나 되었을까 경옥의 차가 보였다.

"언니 차로 왔네."

"니네 언니면, 최 이사 와이프?"

"으응."

"혹시 그 사람과 친척지간이니?"

"이 언니 오늘따라 왜 이러실까? 우리 언니와 나는 전혀 남남이야. 오라방으로 인해서 언니를 만났고. 됐지. 기분이 나빠지려고 하니까 우리 오라방에 대해서는 더 묻지 마."

하지만 집념이 강한 모아가 이걸로 포기할 리는 없었다.

모아는 차문이 열리자마자 강권에게 꾸뻑 인사를 하고는 저녁을 사달라고 조르는 것이었다. 그런데 나름 월드스타 모아에게는 치욕스럽게도 강권은 모아가 누구인지 알지 못했다.

"예리나야, 이분 KM 소속 연예인이시냐?"

강권이 이렇게 묻자 예리나는 물론이고 경옥도 배꼽을 잡고 웃었다. 두 여자가 아무 말도 하지 않고 깔깔거리며 웃자 강권과 모아가 머쓱해질 수밖에 없었다.

한참을 깔깔거리던 경옥이 모아에게 사과를 했다.

"모아 씨, 초면에 실례가 많았습니다. 미안합니다. 이 이가 이런 사람이라는 걸 알면서도 순간 참지 못했네요."

"괜찮지 않는데요. 저녁을 사 주시면 괜찮아지겠네요."

"언니, 정말 이럴 거야?"

"너도 나 같은 경우를 당해 봐라. 그럼 이런 내 심정을 이해를 할 수 있을 거다."

모아가 저녁을 얻어먹는 것까지는 좋았는데 그 대가는 엄청났다. 한동안 혹독한 상사병을 앓았던 것이다.

물론 새옹지마라는 말처럼 혹독하게 앓고 난 후 모아는 진정한 가수로서 거듭날 수 있었기 때문이다.

"와아! 오라방, 이게 바로 '미리내'란 말이지요?"

"응."

"근데, 이게 잠수도 할 수 있어요?"

"잠수만 하냐? 연료 탱크를 더 준비하면 달도 갈 수 있어."

"정말? 그럼 언제 달에 가자."

"그래. 가자."

강권은 예리나의 끝없는 질문에 일일이 대꾸해 주며 '미리내'를 몰고 남태평양의 뉴칼레도니아로 갔다.

뉴칼레도니아는 호주 남서부와 뉴질랜드 사이에 자리한 바게트 빵 모양의 작은 섬이다.

그런데 섬의 60% 이상이 유네스코 세계 자연 유산에 등재될 만큼 빼어나고 진귀한 풍경을 간직하고 있는 곳이어서 남태평양의 작은 프랑스란 이름이 붙을 정도다.

강권은 다큐 TV에서 보고 여기에 꼭 한 번 오고 싶었다.

그런데 경옥은 벌써 와 본 모양이었다.

"여보, 여기는 뉴칼레도니아 아니에요?"

"어? 당신은 언제 와 봤나 보네?"

"엄마가 일본어를 잘하셨잖아요. 우연히 가쓰라 모라무라란 일본 작가가 쓴 '천국과 가장 가까운 섬'이란 책을 보시고서는 아버지를 졸라서 온 가족이 함께 왔었어

요. 아버지도 좋으셨는지 다시 가자고 하시더라고요. 참,
'꽃보다 남자'에서도 나왔는데……."

경옥은 두 번이나 와서 그런지 평소보다 더 많은 말을
했는데 강권이 드라마를 보지 않는다는 것이 생각나 입을
다물었다.

그런데 예리나는 드라마를 봤는지 아는 체를 했다.

"아! 언니. 맞아. 그래서 꼭 어디서 본 느낌이 들었다
니까."

"그래? 예리나는 '꽃보다 남자'를 봤나 보구나?"

"응, 언니. 그때만 해도 그런대로 살만 했었거든. 드라
마를 보고 얼마나 오고 싶었는데."

그러더니 엄마가 오지 않은 게 생각이 나는지 예 여사
가 고집을 부려서 오지 않았다고 투덜거렸다.

"예리나야, 다음에 꼭 모시고 오면 되지 뭐. 여보, 그
럴 거지요?"

"그래. 예리나야. 이 '미리내'가 있는데 무슨 걱정이
냐? 여권 같은 것은 준비할 필요도 없고, 숙식도 '미리
내'안에서 다 해결을 할 수 있는데 무슨 걱정이 있겠
냐?"

"하! 정말 그렇겠다. 그런데 오라방, 예리나는 갑자기
회가 먹고 싶어졌어요. 그리고 랍스타도 먹고 싶어요."

"알았어. 사방에 깔린 게 돔이고 랍스탄데 어려울 게 뭐 있겠어? 돔도 잡고, 랍스타도 잡자."

'미리내'에는 비상시를 대비해서 어류 포획용 장비가 내장되어 있었다. '미리내'가 알아서 잡으니까 직접 낚는 손맛은 느끼지 못하지만 잡지 못할 염려는 전혀 없었다.

강권은 '미리내'가 잡은 돔과 랍스터를 먹을 수 있게 회를 뜨고 외벽을 투명 모드로 바꾸어 주었다.

"와! 완전 경치 죽이네. 언니 그렇지 않아?"

"그러네. 바다 한가운데 둥둥 떠서 회를 먹는 것 같은걸. 완전 환상적인 분위기야. 이렇게도 회를 먹을 수 있으리라고는 누가 생각할 수 있었겠어?"

"언니, 우리 이렇게 회를 먹고 있으니 마치 인어공주가 된 것 같지 않아?"

"듣고 보니 그것도 그러네. 우리 예리나 가수가 되더니 생각하는 것도 엄청 운치가 있어졌는걸."

두 사람은 남태평양의 낭만과 더불어 활어회의 진수를 만끽했고 그것을 보고 있는 강권도 덩달아 기분이 좋아졌다.

"우리 1년에 한두 번씩은 이렇게 모든 것을 잊어버리고 여행을 하는 것은 어때?"

"오라방, 나는 완전 찬성. 다음에는 꼭 우리 엄마도 데려올 것. 알았지?"

"하하, 당근이지. 우리만 이러고 즐기고 있으니까 이 모님께 너무 미안한 걸. 갈 때 랍스터와 참치도 잡아 가자."

"어! 오라방, 랍스터야 살려서 가져가면 되니 그렇다 쳐도 냉동실도 없는데 참치를 어떻게 가져가지?"

"다 수가 있지. 예리나야, 너는 이번 여행에서 이상한 것을 느끼지 못했냐?"

예리나는 강권의 물음에 고개를 갸웃거리면서 생각을 했지만 이 '미리내' 빼고는 딱히 이상한 것을 알아내지 못했다.

그래서 경옥이를 흘끔 보는데 강권과 눈짓을 주고받는 게 어딘지 모르게 수상쩍었다.

'이 사람들이 나에게 뭔가 감추는 게 있는 것 같은데?'

내심 이렇게 생각한 예리나는 두 사람을 번갈아 쳐다보면서 무얼 숨기고 있는지 살폈지만 알 수 없어 일단 넘겨짚었다.

"오빠, 언니, 나에게 숨기고 있지? 빨리 이실직고하지 못해?"

"하하, 예리나야, 언니에게 물어보렴. 그럼 알려 줄 거야."

"언니. 빨리 말해. 언니랑 오빠가 날 속이는 거 같아 기분이 영 아니란 말이야."

"그래, 알았다. 말해 줄게."

예리나는 경옥이 강권이 마법을 쓸 수 있다고 말하자 깜짝 놀라며 물었다.

"언니, 언니 친구인 세나 언니가 쓴 판타지에 나오는 그런 마법 말이야?"

"응. 그런 마법."

예리나는 강권이 마법사라는 것에도 강권이라면 깜빡 죽는 예리나는 '오빠니까 당연하다'는 듯 전혀 놀라는 기색이 아니었다. 오히려 몇 서클인가 묻기까지 했다.

"판타지에서는 마법사들의 경지를 말할 때 보통 서클로 말하던데 그럼 우리 오라방은 몇 서클이야?"

"나도 강권 씨가 몇 서클의 마법사인지는 잘 몰라. 언뜻 듣기에 4서클인가 5서클인가 그렇다는 것 같더라."

경옥의 말에 예리나는 실눈을 뜨고 강권을 쳐다보았다.

마치 사실대로 말하라고 윽박지르는 것처럼.

"얼마 전에 5서클 마스터가 되었어. 그렇지만 8서클

마법까지는 어찌어찌 인챈트할 수 있어. 이제 됐지?"

"오라방, 그럼 이 '미리내' 도 마법으로 만든 거야?"

"마법도 쓰고, 과학도 썼어. 그러니까 '미리내' 자체
는 최첨단의 과학적 성과물이라고 할 수 있고, 외부와는
달리 내부가 넓은 것은 마법의 힘이지."

"그럼 참치를 잡아서 마법으로 냉동을 시켜서 가지고
가겠다는 거구나."

예리나는 이렇게 자기 혼자 단정을 내리고 자기 생각
이 맞는다는 듯 고개를 까딱거리면서 무언가를 생각하고
있었다.

그 무언가는 바로 현대 의학으로도 포기할 수밖에 없
다던 엄마의 코마 상태가 어떻게 나았냐는 것이었다.

예리나는 세나가 써 놓은 책에 마법으로 병을 고치는
[힐] 마법이니, [큐어] 마법이니 그딴 것들이 있다는 게
생각났다.

'그렇다면 엄마를 고친 것도 오빠란 말이네.'

이런 생각이 들자 강권에 대한 고마움이 사무쳐 자기
도 모르는 사이에 눈물이 찔끔 나왔다.

예리나는 강권이 자신의 운명이라는 것을 다시 한 번
확신했다.

아인슈타인은 특수상대성이론을 사람이 힘이 들면 시

간이 더디게 흘러가고, 즐거우면 더 빠르게 흘러가는 것
으로 설명을 했다.

그처럼 세 사람에게 있어 일주일이란 시간은 후딱 지
나가 버렸다. 이제 마침내 세상 사람들에게 코리아의 매
운 맛을 보여 줄 때가 온 것이다.

20XX년 10월 2일 11시 00분 AM.

미국 동부 버지니아 주에 있는 노퍽 해군기지에 정박
하고 있는 조지, H. W 부시 항공모함 선상에는 세계
10대 강국의 정상들이 속속 모여들고 있었다.

대한민국 이무영 대통령이 한 달 전에 '미리내'의 처
리를 놓고 조약을 체결하자고 제안한 것 때문이었다.

그 한 달 동안 세계 강대국들은 온갖 수단을 동원해
서 '미리내'에 대해 탐문했지만 어떤 정보도 얻지 못했
다.

심지어 일주일 전부터는 세계 각국의 첩보 위성을 모
두 동원했지만 '미리내'를 만들었다는 최강권이란 자의
행적을 놓치기까지 했다.

대한민국의 수장인 이무영 대통령을 제외한 세계 9개

국의 정상들은 불길한 예감을 가져야 했다.

그렇다고 해서 대한민국 대통령 이무영도 편하지는 않았다.

아니, 자기를 믿으라는 최강권의 장담에도 불구하고 이무영 대통령은 한 달 사이에 살이 쪼그라들고 피가 마르는 압박을 느끼고 있었던 것이다.

그리고 마침내 조약을 체결하자고 했던 정오가 10분이 남았다.

이무영 대통령의 스트레스가 어떻다는 것을 알고 있는 윤기영 청와대 국정상황실장이 조심스럽게 대통령에게 보고했다.

"대통령님, 최 군이 요구했던 것을 모두 처리했습니다."

"휴우, 최 군에게는 아무 연락이 없었지?"

"예. 대통령님. 아마도 대형 스크린을 설치해 놓으라는 것을 보면 최 군이 직접 이곳에 오지 않을 것 같지 않습니까? 게다가 각 나라 수장들에게 각기 다른 헤드셋을 주라고 하지 않았습니까? 그러니 아마도 먼 곳에서 영상으로 전송하지 않을까 싶기도 하는데요."

그 말이 채 끝나기도 전에 이무영 대통령의 헤드셋에서 강권의 목소리가 들려왔다.

"대통령님, 불과 한 달 사이에 엄청 마르셨군요. 죄송합니다."

"어! 최 군, 자네 어디 있나?"

"지금 여기는 하와이 앞바다입니다. 블루 핀 튜너를 잡고 있습니다. 하와이산 참다랑어가 최고로 친다고 하더군요. 제가 나중에 청와대로 직접 공수해 드리겠습니다."

"뭐? 이 친구야. 지금 발등에 불이 떨어졌는데 자네는 한가롭게 참치나 잡고 있을 정신이 있나?"

"하하하, 대통령님, 저만 믿고 계시라니까요. 그리고 옆에 계시는 윤기영 실장님께도 우거지상을 쓰지 마시고 좀 웃으시라고 말씀 좀 전해 주시지요. 웃으면 복이 온다지 않습니까?"

이무영 대통령은 강권의 말에 뭔가 이상한 것을 느꼈다.

분명 하와이 앞바다에서 참치를 잡고 있다고 했는데 언뜻 말을 들어 보니 이곳 상황을 빤히 보고 있는 것 같았기 때문이다.

"어! 자네 지금 이곳 상황을 보고 있는 것인가?"

"예. 미국의 첩보 위성의 성능이 과연 좋군요. 노픽 항의 전경이 꽤나 웅장합니다. 5분 후면 정오가 되니 스크린을 지켜봐 주시기 바랍니다. 아마도 10년 묵은 체증이 쑥 내려가는 것 같은 통쾌함을 느끼실 수 있을 것입니다. 대통령님, 저들에게 결코 기죽지 마시고 저를 믿고 큰소리를 팡팡 치시도록 하십시오. 그럼 잠시 후에 다시 연결하도록 하겠습니다."

항공모함이 넓은 것 같으면서도 10개국의 정상이 모이자 비좁은 감이 있어 이무영 대통령이 누군가와 통화하고 있는 것을 선상에 있는 정상들은 다들 알게 되었다.

그리고 불과 1~2분 사이에 이무영 대통령과 통화하고 있는 그 누군가는 최강권이란 것과 지금 하와이 앞바다에 있다는 것까지도 모두 다른 정상들에게 알려졌다.

최강권이가 하와이 앞바다에 있다는 것이 알려지자 이내 세계 각국의 첩보 위성을 움직이는 부대에 전해져 하와이 앞바다 탐색에 나섰다.

하지만 그보다 먼저 대한민국 공관원들이 항공모함 선상에 설치해 놓은 대형 스크린에 최강권의 모습이 잡혔다.

그리고 대한민국 공관원들이 각국 정상들에게 나누어 준 헤드셋에서 최강권의 목소리가 들리기 시작했다.

기이한 것은 강권은 한국말로 이야기를 하는데 각국 정상들은 전부 자국 말로 듣고 있다는 것이었다. 10개국

중에서 미국과 영국, 캐나다를 빼고는 전부 다른 언어들을 쓰고 있으니 강권의 말은 적어도 7개국 언어로 번역되고 있다고 봐야 한다.

하지만 그걸 인식하는 정상들은 아무도 없었다.

"다들 알고 계시겠지만 나는 지금 하와이 앞바다에서 참다랑어를 잡고 있습니다. 지금부터 1분 후면 정오가 되니 스크린에 주목하시기 바랍니다. 순양함 볼티모어의 최후를 보실 수 있으실 것입니다. 여러분께서 계시는 조지, H, W 부시 항공모함 선상에서 볼티모어호가 멀리 떨어지지 않았으면 육안으로 보실 수 있으셨을 텐데 그러지 못하니 부득이하게 이렇게 중계하게 되었습니다. 자! 이제 볼티모어호가 어떻게 되는지 지켜봐 주십시오."

세계 각국의 정상들은 최강권의 말에 따라 스크린에 주목했다.

그런데 방금까지도 대서양 위에 떠 있던 순양함 볼티모어호가 스르르 무너져 내리기 시작하는 것이 아닌가.

"어!"

"와우!"

"지저스!"

"……"

조지, H. W 부시 항공모함 선상에서 스크린을 보고 있는 사람들의 입에서는 자기도 모르게 탄성이 터져 나왔다.

순양함 볼티모어호가 무너져 내리는 모습이 마치 빌딩의 폭파 장면 같았기 때문이었다.

순양함 볼티모어호가 어떤 군함이던가. 8인치 주포를 갖춘 중순양함이 아니던가. 그렇기 때문에 미사일에 맞는다고 하더라도 두 동강이 날지언정 저렇게 스르르 무너져 내릴 수는 없었다.

얼마의 시간이 지나고 각국 정상들이 쓰고 있는 헤드셋에서 다시 최강권의 목소리가 들려왔다.

"하하하, 잘 보셨는지요. 이게 바로 세계기업연합(WUC)과 각국 정상들이 나에게 보낸 메시지에 대한 내 답입니다. 여러분께서 방금 전 보셨듯이 나에게는 힘이 있습니다. 첩보 위성을 무력화시키다 못해 내가 스스로 통제할 수 있습니다. 지금 내가 보내고 있는 이 화면은 세계 각국의 위성들을 이용해서 송출하고 있다는 것이 그 증거입니다. 나중에 확인해 보시면 내 말이 사실임을 알 수 있을 것입니다. 또 내가 중순양함 볼티모어호를 파괴한 것은 그곳에서 7,700km 이상 떨어져 있는 하와이 앞바다에서 방금 전 쏘아 보낸 최첨단 무기입니다. 그러니까 그 무기는 지구 어디에 있든지 또 무엇이든지 1초도 안 돼서 파괴할 수 있는 위력을 가졌다는 말입니다. 이러한 힘을 갖고 있는 내가 여러분에게 협박을 당하고도 얌전하게 있으리라는 순진한 생각을 갖고 계시지는 않겠지요? 내가 지금 세계를 정복하려고 마음먹는다면 지구에서 내 뜻을 거스르고 살아갈 사람이나 나라는 존재할 수 없습니다. 그렇지만 나는 그럴 마음이 전혀 없습니다. 그러니까 나를 자극하려고 나와 내 나라를 건드리려고 하지 마십시오, 만약에 나와 내 나라를 건드리면 어떻게 될지는 여러분의 상상에 맡기겠습니다."

세계 각국의 정상들은 최강권이 도리어 이렇게 협박할 줄은 몰랐기 때문에 벙 찔 수밖에 없었다. 또한 최강권의 말이 사실이라면 협박을 당할 수밖에 없지 않겠는가?

약간의 시간이 지나고 다시 최강권의 말이 들렸다.

"나는 지금 마하 10의 속도로 노퍽으로 가고 있습니다. 이 정도 속도라면 하와이에서 노퍽까지 대략 38분이 걸리니 여러분께서 계시는 조지, H. W 부시 항공모함 선상에는 12시 40분 정도에 도착하게 될 것입니다. 내가 여러분에게 이 말씀을 드리는 것은 오판해서 나를 짜증나게 하지 말라는 경고입니다. 지금까지 가장 빠른 미사일이 마하 8 정도의 속도니 내가 타고 가는 비행체는 미사일로도 잡을 수 없다고 보시면 될 것입니다. 또한 이 비행체는 미사일에 맞아도 끄떡없다는 것도 밝히겠습니다. 끝으로 한 말씀만 더 드리겠습니다. 나는 그리고 우리 대한민국은 평화를 사랑합니다. 나는 이전에도 그랬지만 앞으로도 평화롭게 살아가고 싶습니다. 아무쪼록 여러분께서 협조해주시기 바랍니다."

최강권의 협박이 훌륭하게 먹혀들어 더 이상 말이 필요 없었다.

이무영 대통령은 비로소 마음을 놓고 평소 하고 싶은 말을 마음껏 했고, 다른 정상들은 이무영 대통령의 눈치를 살폈다.

이무영 대통령을 비롯해서 대한민국 공관원들은 대한민국에 태어난 것에 비로소 무한한 행복감을 느낄 수 있었다.

그렇지만 최강권이 협박을 했던 최첨단 무기의 실체가 단지 철 성분만을 분해한다는 것을 알았어도 강대국의 정상들에게 협박이 통했을까? 최강권이 퇴역 중순양함을 상대로 첨단 무기의 위력 시험 운운한 것은 다 그런 이유가 있었다.

물론 협박이 통할 수밖에 없는 것에는 '미리내'와 위

성을 통제한 예상 밖의 요소를 섞어 썼기에 가능한 일이기는 했다.

이 사실은 오직 강권과 '해'와 '달' 밖에 알지 못하는 일이었다.

---

*정규 앨범:가수들이 제작하는 앨범에는 싱글, 정규, 미니 앨범이 있다. 싱글 앨범은 보통 3~4곡 정도, 정규 앨범은 10~13곡 정도, 미니 앨범은 6~7곡 정도가 들어 있다. 인터넷이 발달하여 불법 다운로드가 급속도로 퍼지면서 CD를 구입하는 사람이 거의 없기 때문에 정규 앨범을 제작하지 않는다. 또한 CD가 팔리지 않는 대신에 미니홈피의 BGM(배경음악), 컬러링 등의 수요가 증가했기 때문에 굳이 정규 앨범을 내려고 하지 않는다. 이런 이유 외에도 트랜드에 맞춘 신곡 1~2곡을 빨리빨리 발표하고 자주 활동하기 위해 디지털 싱글이나 미니 앨범을 발매하는 추세다.

제5장

예리나, 졸자에 월드 스타가 되다

세계 정상들과 세계기업연합(WUC)을 상대로 해서 벌였던 일장의 사기극은 최강권이 탑승한 '미리내'가 조지, H. W 부시 항공모함 선상에 12시 40분 정도에 도착하면서 완전 먹혀들었다.

또한 '미리내'는 저고도에서 마하10으로 날다 급속하게 감속을 했는데도 *소닉붐(Sonic boom) 현상이 전혀 나타나지 않았다는 것도 크게 작용을 했다.

압권은 2인승 스포츠카 정도의 조그만 '미리내'의 외형에서 거의 500kg에 육박하는 거대한 참다랑어(Bluefin tuna)가 두 마리나 나온 것이었다.

"정상 여러분, 이 조지, H. W 부시 항공모함은 미국의 군함이지만 이 자리를 마련한 것은 바로 저입니다. 따라서 엄밀히 말하면 이 모임의 호스트는 바로 저라는 말입니다. 그래서 제가 정상 여러분들을 위해서 간단하게 준비한 음식과 술이 있습니다. 여러분들을 위해서 제가 준비한 음식은 참치회와 회를 드시지 못하는 분들을 위해 마련한 남태평양과 북태평양에서 갓 잡은 각종 신선한 해물로 만든 해물 스튜입니다. 그리고 준비한 술은 세상에서 하나밖에 없는 진귀한 와인입니다. 요리가 준비되려면 약간의 시간이 소요되므로 그동안의 무료를 달래드리기 위해서 가수 예리나 양의 특별 공연이 있겠습니다. 자! 여러분, 예리나 양입니다. 뜨거운 박수로 맞이해 주십시오."

예리나는 10개국 정상들이 모인 자리에서 특별 공연을 하라는 강권의 제안이 처음에는 그저 농담인 줄 알았는데 정작 강권이 강행을 하자 엄청 황당해졌다.

그렇지만 예리나는 준비된 스타답게 천부의 끼와 담력으로 10개국 정상들이 자리한 항공모함 선상에서 특별 공연에 나섰다.

무대 의상과 각종 장신구들은 강권이 예리나의 데뷔 무대를 위해서 미리 마련해 놓은 것이었다.

"와우! 왓 어 뷰티풀 레이디."

"와! 섹시하다."

예리나가 무대 의상을 입고 항공모함 선상에 나타나자 여기저기서 감탄사가 터져 나왔다.

사주상에 무려 세 개의 인수를 갖고 태어난 천생의 연예인답게 예리나는 관객들의 환호에 부응하며 자연스럽게 천부의 끼를 발산하기 시작했다.

"감사합니다. 저는 방금 소개받은 대한민국의 가수인 예리나라고 합니다. 여러분들의 성원에 보답하기 위해 부족하나마 몇 곡을 들려 드리도록 하겠습니다. 아무쪼록 예쁘게 봐주세요."

그렇게 시작된 예리나의 공연은 이미 CD에 녹음된 다섯 곡과 앞으로 CD에 담겨지게 될 다섯 곡, 합해 총 열 곡이 이어졌다.

예리나는 처음에는 좀 떨렸지만 녹음 작업을 하는 동안 수백 번을 부른 덕분에 자연스럽게 위기를 모면할 수 있었다.

한 곡, 한 곡이 이어지자 이내 천부의 끼가 발동되면서 떨림은 언제 그랬냐는 듯 사라지고 데뷔를 위해 갈고닦은 춤과 노래 실력을 뽐내고 있었다. 아니, 뽐내는 정도가 아니었다.

처음 무대에 선 예리나였지만 점차 수백 차례 공연을 한 노련한 가수처럼 청중의 호응까지 자연스럽게 불러일으키고 있었다.

이미 정상들은 준비된 스타인 예리나의 거부할 수 없는 매력에 흠뻑 빠져들고 있었다.

어디 그것뿐이랴. 예리나의 이 특별 공연은 누군가에 의해서 인터넷에 올려졌고, 세계는 예리나의 매혹에 중독이 되기 시작했다. 그 결과 단 한 번의 공연으로 예리나는 세상에 널리 알려지게 되었고 레이디 가가에 못지않은 스타가 되었다.

예리나의 특별 공연으로 경직되었던 조지, H. W 부시 항공모함 선상의 분위기는 급 화기애애한 파티 모드로 바뀌게 되었다.

예리나의 특별 공연이 끝나갈 무렵 강권표 특제 요리들이 하나둘 '미리내' 밖으로 나오고 있었고, 파티는 최고조에 달했다.

마침내 급조된 예리나의 특별 리사이틀이 끝나고 최강권의 매력적인 보이스가 예리나의 노래를 대신했다.

"여러분, 즐거우셨습니까?"

"정말이지 좋은 공연이었소. 예리나 양의 춤과 노래도 좋았지만 특히 좋았던 것은 예리나 양의 환상적인 아름다움이었소."

강권의 물음에 버라마 대통령의 대답이었다.

"하하하, 귀와 눈이 즐거우셨다니 감사합니다. 그러면
이제 입과 코가 즐거워야 할 차례인 것 같군요. 음식물의
재료들은 잡은 지 두세 시간밖에 되지 않은 신선한 재료
들로 만들어진 것들입니다. 맛있게 드시기 바랍니다. 참,
여러분 앞에 놓인 와인은 세상에 단 하나밖에 없는 진귀
한 것입니다. 그런데 알코올 도수가 상당히 높아서 한 잔
밖에 드릴 수 없음을 미리 알려드립니다. 그리고 술에 약
하신 분들도 몸에 전혀 무리가 가지 않으니 드셔도 됩니
다. 참고로 말씀드리자면 술에 매우 약하신 분들께서는
생수를 희석해서 드시면 주스를 마시는 것처럼 와인의 맛
과 향을 즐기실 수 있다는 것입니다. 그럼 몽환적인 와인
의 세계에 풍덩 빠져 보시기 바랍니다."

최강권의 거창한 와인 자랑에 와인의 나라로 통하는
프랑스의 니콜라스 대통령은 비릿한 미소를 지으면서 테
이블 위에 놓인 와인 잔을 바라보았다.

'색깔은 선홍빛이니 뭐, 이 정도면 괜찮은 편이네.'

약간은 조롱하는 투의 반응이었다.

좋은 와인을 고를 때는 와인 색깔의 선명도, 좋은 향
기, 다양한 맛의 조화 등을 보는데 니콜라스의 편견이 섞

인 시각에도 탁자 위에 놓인 와인은 색깔의 선명도는 극 상품에 속할 것 같았다.

'그럼 어디 향기나 좀 맡아 볼까?'

일반적으로 화이트 와인과는 달리 레드 와인은 온도 변화에 맛이 크게 민감하지 않아서 아무렇게나 잡아도 큰 상관은 없었다.

하지만 화이트 와인을 즐기는 평소 습관 때문인지 잔의 스텝 부분을 잡고 코로 가져갔다. 그 순간 니콜라스 대통령의 눈에는 포도밭의 목가적인 풍경이 그려지고 있었다.

[와우! 굉장해.]

와인이라면 세계에서 제일이라는 자기 나라에도 이런 환상적인 향기를 가진 와인은 보지 못해서인지 니콜라스의 입에서는 자기도 모르는 사이에 감탄사가 흘러나왔다.

한참 동안이나 향기에 취해 있던 니콜라스는 음미하기 위해 와인 한 모금을 머금고 입안에서 굴렸다.

레드 와인 특유의 떫으면서 신맛을 기대하면서.

그런데 이것은 그런 단순한 맛이 아니었다.

화이트 와인처럼 부드럽고 상큼하면서도 달고, 시고, 쓰고, 달고, 짠 맛이 절묘하게 하모니를 이룬, 한마디로 몽환적인 맛이었다.

순간 니콜라스의 얼굴이 시시각각 수많은 표정으로 바뀌고 있었다. 그 표정에는 비탄과 경악, 황홀함 등이 뒤섞여 있었다.

와인에 관한한 '듣보잡'에 불과한 코리안 따위가 어떻게 이렇게 몽환적인 와인을 가질 수 있냐는 의미인 것 같았다.

니콜라스는 급기야 비 맞은 중처럼 중얼거리는 것이었다.

[이건 도저히 거부할 수 없는 저주야.]

누구의, 누구를 향한 저주라는 것인지는 오직 니콜라스, 그만이 알 수 있을 것이다. 니콜라스 프랑스 대통령이 온갖 궁상을 떨고 있는 사이에 다른 정상들은 찬사를 연발했다.

"오! 훌륭해."

"와우! 따봉."

"엑설런트." 등등.

덩달아 보르도의 전통적인 '바리끄(Barrique)'라고 불리는 225리터짜리 오크통은 삽시간에 바닥을 보이고 말았다.

보통 와인 한 잔이 100ml이니 대략 2,250여 잔의 와인이 순식간에 동이 났다. 그 말은 조지, H. W 부시 항공모함의 선상에 있는 사람들은 대부분 와인 한 잔 이상을 마셨다는 말이었다.

그런데 항공모함 선상에 있는 사람들 중에는 정상들의 수행원들뿐만 아니라 세계 각국에서 온 취재진들이 있어 그들의 입을 통해서 '강권표 와인'은 졸지에 레어급 와인이 되어 버렸다.

그 결과 강권은 팔 생각이 없는데 '강권표 와인'의 가격은 천정부지로 치솟아 한 바리끄에 1,000만 달러라느니 2,000만 달러라느니 하는 말들이 떠돌게 되었다.

❖   ❖   ❖

그 시각 한참 달게 자고 있던 고수원은 '뮤즈 걸스'의 멤버이자 친조카이기도 한 선규의 성화에 비몽사몽간에 인터넷에 접속을 하고는 잠이 확 달아났다. 대박도 이런 대박이 없었기 때문이다.

"어, 저거, 예리나 아니냐?"

─그렇죠? 삼촌, 저 가수가 예리나가 분명하죠?

"그래. 맞는 같다. 그런데 선규야. 어떻게 예리나가 저기에서 노래를 부르고 있을까?"

─삼촌, 삼촌이 모르는데 내가 어떻게 알아? 참, 예리

나 오빠가 우리 회사의 이사라면서요? 그래서 그 이사 오빠가 힘을 써 준 게 아닐까요?

이런 선규의 말은 전혀 사리에 맞지 않을 뿐만 아니라 고수원의 귀에 들어오지 않았다. 최강권의 힘이 아무리 막강하다고 해도 10개국 정상들 앞에 데뷔도 하지 않은 완전 초짜인 가수를 세울 수가 있단 말인가?

"허, 잘하네."

—삼촌, 그쵸? 내가 봐도 우리 '뮤즈 걸스'보다 훨 나은 것 같아 보여요. 이제 예리나는 두말이 필요 없는 완전 월드 스타네요. 제길, 우리 '뮤즈 걸스'는 엄청 PR을 해서 겨우 동남아와 유럽에 겨우 명함을 내밀었는데 예리나 조것은 단방에 월드 스타가 되어 버렸네요. 에이! 불공평해.

선규의 말마따나 '뮤즈 걸스'가 데뷔 후 정상에 서기까지 그녀들이 흘린 피와 땀은 차치하고라도 지명도를 높이기 위해 PR에 쏟아 부은 비용만 해도 상상 이상이었다.

그런데 예리나는 인터넷 한 방으로 세상에 알려지게 되었다.

게다가 예쁜데다 이렇게 노래까지 기가 막히게 한다면 더 이상 PR이 필요 없을 것이다. PR이 필요 없다는 것은 그만큼 생돈이 굳는다는 말이었다.

고수원은 내심 좋으면서도 예리나가 어떻게 저런 무대에 설 수 있었는지가 궁금해 미칠 것 같았다.

곰곰이 생각하던 고수원의 뇌리에 문득 떠오르는 것이 있었다.

'미리내'를 만든 사람이 최 이사라고 하던 황성윤의 말과 매스컴에서 대한민국의 흥망이 조지, H. W 부시 항공모함의 선상에서 결정 날 것이라고 떠들던 것이 기묘하게 오버랩되었다.

믿어지지 않는 일이지만 예리나가 월드 스타가 된 것은 최강권의 힘인 것 같았다.

"최 이사와 손을 잡은 것은 정말 내 일생일대의 기회야. 절대로, 네버, 에버, 무슨 일이 있어도 최 이사를 놓쳐서는 안 돼."

고수원은 자기가 지금 조카와 통화하고 있다는 것도 잊고 이렇게 소리치고 말았다. 선규는 KM엔터테인먼트 회장인 삼촌의 말에 최 이사란 사람에게 흥미가 동했다.

─삼촌, 그 이사 오빠 우리 '뮤즈 걸스'에게도 소개시켜 주면 안 될까?

"뭐? 이사 오빠?"

─그럼 명색이 우리 회사 이산데 그래도 우리보다 나

이가 많을 거 아니에요?

"푸하하하, 내가 너 때문에 웃는다. 직함만 그럴듯하면 나이에 상관없이 다 오빠냐? 이사 오빠라?"

─그, 그럼, 그 최 이사란 분이 나보다 나이가 어리다는 거예요?

고수원은 선규의 물음에는 대답을 하지 않고 계속 너털웃음을 웃었다.

정작 고수원도 최강권의 나이를 확실하게 알지 못해서 선규의 물음에 대답을 해 줄 수는 없었지만 얼핏 들었던 바로는 아마 선규보다 한 살 적지 싶었던 것이다.

'예리나에게 최 이사의 나이가 자기보다 네 살 많다고 들은 것 같고, 예리나의 나이가 열여덟이니⋯⋯.'

하지만 상대가 상대이다 보니 한 치의 실수도 용납하지 못한다는 게 고수원의 생각이었다.

─삼촌, 계속 그렇게 놀리실 거예요?

"크흠, 아니다. 아니야."

고수원은 잠시 뜸을 들이다 말을 이었다.

"선규야, 나도 최 이사의 나이는 확실하게 알지 못한다만 아마 너와 동갑일 것이다."

고수원은 당돌한 '뮤즈 걸스' 들이 혹시 최 이사에게 실수라도 할까 봐 이렇게 둘러다 붙였다.

그런데 고수원은 예리나가 나이를 한 살 줄여서 말했으므로 이게 정답임을 알지 못했다.

—동갑이요? 잘됐다. 그럼 친구 먹으면 되겠네. 삼촌, 최 이사 언제 우리 '뮤즈' 들에게 소개시켜 주세요.

"뭐? 친구? 야! 선규야, 잠은 내가 잤는데 왜 니가 봉창을 두드리고 있냐? 행여 친구란 소리 입 밖에도 내지 마라."

—삼촌, 나이가 같으면 친구할 수도 있는 거지 왜 갑자기 소리는 지르고 그래요?

"됐다. 끊자."

고수원은 더 이상 전화를 했다가는 영악한 조카에게 휘둘려 금기를 발설할까 싶어 얼른 전화를 끊어 버렸다.

'밤의 황제', 차기 대통령이 확실한 서원명과 친구, 이런 말들은 고수원만 알아야지 소속사 연예인들이 알면 안 된다.

이건 최 이사를 거의 살아 돌아온 조상님 섬기듯 하는 황성윤의 암묵적인 주문이고, 강요였으며 금기이기도 했다.

확실한 것은 최강권이란 존재는 고수원에게 있어 '전가의 보도'가 될 수도 있지만 살신(殺神)을 불러오는 흉기로도 될 수 있는 양날의 칼이라는 것이었다.

삼촌인 고수원이 일방적으로 전화를 끊자 선규는 의아한 생각이 들었다.

　'삼촌이 나에게 이렇게 매몰차게 했던 적이 한 번도 없었잖아? 그런 삼촌이 왜 이렇게까지 해야 하는 거지?'

　삼촌이 갑자기 매몰차게 자르자 선규는 최 이사의 존재에 대해서 더 궁금해졌다.

　누구를 붙잡고 수다를 떨고 싶지만 개똥도 약에 쓰려면 없다더니 애석하게도 누구 하나 얘기할 상대가 없었다.

　자기를 포함해서 한 지붕 아래 '뮤즈 걸스' 멤버가 아홉이나 있지만 문제는 새벽 세 시가 넘었다는 지랄 맞은 상황이었다.

　자기는 스케줄이 없어서 새벽 세 시가 넘었는데도 인터넷이나 파고 있지만 스케줄이 있는 다른 멤버들은 자야만 한다.

　선규는 갑자기 답답해졌다.

　그러다 갑자기 떠오르는 인물이 있었다. 모아였다.

　모아는 미국 시장에 진출하게 돼서 시차 적응을 한답시고 올빼미 모드로 바꾸고 있는 중이었기 때문이다.

　'히히, 내가 갑자기 전화를 하면 모아 언니 뒤집어지

겠지?'

그런데 그게 아니었다.

—애, 조금 있다 통화하자. 나 지금 위성 봐야 해.

이렇게 말하고는 전화를 일방적으로 끊어 버렸다.

"언니, 갑자기 웬… 젠장맞을 위성TV?"

정말 젠장맞을 상황이었다.

선규는 은근히 약이 올라 볼멘소리로 투덜거렸다.

"이쒸, 이 언니 전화도 딥따 늦게 받더니 일방적으로
끊었어. 주거써."

워낙 씩씩한 선규여서 평소라면 이렇게 소리를 빽 지
르는 것으로 이 정도의 상황은 잊어버릴 것이다. 하지만
오늘은 아니었다.

'포카트'가 몸에서 퍼지고 있는 CM의 화면처럼 최
이사에 대한 궁금증이 이미 마음 한 구석에서 퍼져 나가
고 있기 때문이었다.

'모아 언니, 분명 위성 TV로 예리나 보고 있었던 거
겠지? 그래서 전화를 늦게 받았던 거고.'

모아의 성격상 남에게 피해를 주기 싫어서 헤드셋으로
듣곤 한다는 것을 선규는 잘 알고 있었다.

선규는 어떻게든 스스로의 기분을 달래 보려고 했지만
한 번 더러워진 기분은 쉬 가셔지지 않았다.

선규는 별다른 뾰족한 대안이 없어 다시 노트북에 코를 박고 동영상에 심취하려 했다. 그런데 오늘따라 ** '머피의 신(神)'이 강림이라도 했는지 선규가 노트북에 눈을 돌리자마자 예리나의 특별 리사이틀이 끝나 버렸다.

'이쒸, 이제 이것까지 따를 시키나? 이거 꼭두새벽부터 오늘 일진이 왜 이래? 왜 내가 일방적으로 따를 당해야 하는 거냐고?'

선규가 이렇게 투덜거리면서 노트북을 닫는데 방금 자신을 따 시켰던 얄미운 모아 언니에게서 전화가 왔다.

"언니, 주거써. 어떻게 그렇게 일방적으로 전화를 끊어?"

—호호호, 선규야 미안. 위성 TV로 예리나를 보던 중이었어. 왜 있잖아? 내가 일본어 가르치는 애 말이야.

"됐거든. 이제 언니랑 안 놀 거야."

—호호호, 선규야, 한 번만 봐 주라. 언니가 해달라는 대로 다 해 줄게.

선규는 비로소 듣고 싶은 말을 들었다는 듯 헤헤거리면서 모아에게 협상 카드를 디밀었다.

"언니, 모아 언니는 예리나의 일본어 강사니까 예리나 오빠에 대해서 잘 알고 있겠네?"

—이 지지배 고것 때문에 그 앙큼을 떨었구나?

울고 싶었는데 뺨을 때려 준다고 모아는 웃으면서 자신의 이상형이었지만 금단의 과실처럼 느껴졌던 최강권에 대해서 이바구를 늘어놓기 시작했다.

자고로 이상이란 항상 현실과 괴리가 있게 마련인 법이다. 따라서 최강권에 관한 모아의 얘기는 살짝(?) 과장이 섞여 있었다. 물론 살짝 과장되게 얘기한 것이 진실임을 모아는 꿈에도 알지 못했겠지만 말이다.

결국 선규는 강권의 페인이 되었고 그 대열에 '뮤즈걸스' 멤버들을 동참시키려는 야무진 꿈을 갖고 말았다.

❖   ❖   ❖

미국 민주당 당원이자 DTV 편집 이사인 쟈클로는 10개국 정상들에게 얼굴을 디밀려다가 예리나의 리사이틀을 보고 예리나의 스타성을 한눈에 알아보았다.

그런데 공교롭게도 DTV의 간판 프로그램인 "제니 험프리 쇼"의 이번 주 출연하기로 한 게스트가 지병으로 입원하게 되어 밑져야 본전이라는 생각에서 예리나의 출연을 제안했다. 물론 강권은 무조건 오케이했다.

DTV의 '제니 험프리 쇼'는 미국 전역은 물론이고 세계 40여 개국에 방송이 되는 월드 프로그램이었기 때문에 수십억을 들여서라도 예리나를 출연하게 하고픈 프로였기 때문이다.

"예리나야, 미국 DTV에서 토크쇼에 출연할 거냐고 물어보는데 어떻게 할 거냐?"

"미국 토크쇼? 오라방, 나는 영어는 젬병인데?"

"하하하, 예리나야, 네 뒤에는 항상 이 오라비가 있지 않니?"

예리나는 강권의 말에서 자기가 TV 토크쇼에 출연하기를 바라는 것 같은 뉘앙스를 느낄 수 있었다. 강권이 함께 출연하는 거라면 예리나도 별 부담이 없었다. 강권과 함께 가는 거라면 지옥이라도 전혀 겁이 나지 않을 예리나이기 때문이었다.

"오라방은 내가 TV 토크쇼에 나가기를 바라는구나? 그치?"

"하하, 그래. 기왕 연예인이 되겠다는 생각을 갖고 있으니 이번 기회에 가장 큰물인 미국 물을 먹어 보는 것도 나쁘지 않겠다는 생각이 들어서 말이야. 듣자니 연예인들은 일부러 돈을 들여서까지 출연한다고 하던데 공짜 출연이니 얼마나 좋아."

"오라방, 오키. 근데 토크쇼에서 뭔 말을 해야 하는 거지?"

"미국 토크쇼라는 건 말이야. 그 사람 말로는 얘기 몇 마디 하다가 노래 부르고, 또 얘기 몇 마디 하다가 노래를 부르고 이것으로 끝이라더라. 너에 관해서 얘기하는 것이야 내가 얼버무리면 될 거고, 너는 노래만 몇 곡 부른다고 생각하면 돼."

"오키, 알았어. 오라방만 믿을게."

강권은 DTV의 협조로 입국 비자 문제를 해결하고 '제니 험프리 쇼'를 녹화하게 될 시카고의 유나이티드 센터에 있는 히포 스튜디오로 갔다.

방송에 앞서 강권은 '제니 험프리 쇼'의 작가들과 토크쇼에서 하게 될 얘기와 노래에 대해서 상의를 했다.

상의라고 해 봐야 강권과 예리나와의 관계, 만나게 된 사연, 노래 몇 곡을 대충 얘기해 주는 것이 전부였다.

강권이 예리나와 만나게 된 사연을 끼워 넣은 것은 예리나의 노래 실력은 어느 정도 갖추어졌으니 인간성을 부각시키자는 강권의 의도였다.

미국이 아무리 재능으로 대접하는 곳이라고 하더라도 사람들이 사는 곳이니까 인간성을 갖춘 스타는 더욱 대접받게 마련이라는 생각이 깔려 있었던 것이다.

드디어 녹화가 시작되고 배경 음악이 깔리자 제니 험프리가 쇼의 인트로 멘트를 시작했다.

the 리더

[안녕하십니까? 여러분, 오늘 여러분께서는 갑자기 신데렐라로 떠오른 한 분의 예약된 월드 스타를 만나게 될 것입니다. 바로 멀리 South Korea에서 온 싱어 예리나 양입니다. 여러분 힘찬 박수로 예리나 양을 맞이해 주십시오.]

제니 험프리의 멘트에 히포 스튜디오에 모인 수천 명의 방청객들이 일제히 기립 박수를 치기 시작했다.

강권은 엄청난 박수 소리에 놀란 예리나를 꼭 안아서 안정을 시킨 후에 예리나와 경옥의 손을 양손에 잡고 스튜디오로 나갔다.

[감사합니다. 예리나가 여러분의 성원에 감사드린다고 하는군요. 대신 감사하는 마음을 전해드리겠습니다.]

[오우, 판타스틱 가이. 자신을 소개해 주시겠습니까?]

[하하하, 제니 씨, 감사합니다. 참, 제니라 불러도 되지요? 저는 예리나의 오빠인 최강권이라고 합니다. 여기에 이 레이디는 제 아내인 노경옥입니다. 이 꼬마는 조카인 노상후라고 하고요.]

[오우, 아름다운 숙녀들에 둘러싸여 사시는 미스터 최는 럭키 가이 그 자체로군요.]

몇 마디를 더 나누고 예리나의 노래가 이어졌고, 다시 강권이 주문한 대로 예리나와 만나게 된 사연을 강권이 말하게 되었다.

[오우! 엄마의 치료비를 위해 예리나 양이 '버진 세일'을 하다 미스터 최를 만나게 된 거라고요? 여러분들은 과연 자기 엄마를 위해서 자기의 소중한 것을 버릴 수 있을까요? 한마디로 예리나 양의 효심이 엄청 대단한 것 같군요. 참으로 감동적인 이야기가 아닐 수 없습니다.]

MC의 멘트에 우렁차게 터지는 함성과 박수갈채.

여기까지는 미리 짜진 대본대로 진행이 된 것이었다.

그런데 진행자인 제니 험프리가 예정에 없는 이야기를 들고 나왔다. 예리나가 부른 노래를 작곡한 사람이 누구냐는 것이었다.

[흠흠, 바로 제가 작사, 작곡을 했습니다.]

강권이 예정에 없던 이야기에 대해서 항의하는 듯 헛기침을 하며 대답을 했지만 영원한 '아웃사이더'로 자처하는 제니는 눈 하나 깜빡하지 않고 강권의 노래를 강요했다.

물론 강권은 이런 상황을 예상하고 있었고 충분히 이용할 의향도 가지고 있다는 것을 제니 험프리는 예상하지 못했을 것이다.

[오! 미스터 최의 능력이 대단한 것 같습니다. 용모도 판타스틱하고 목소리도 여자들의 아랫도리를 젖게 할 정

도로 섹시하시니 노래를 청해 보지 않을 수 없군요. 여러분, 박수로 미스터 최의 노래를 청해 주십시오.]

수천 명의 방청객들이 진행자 제니의 선동에 부응하여 박수를 쳐댔다.

강권은 수많은 청중 앞에서 노래를 부른다는 사실에 솔까 난감했지만 봉황음의 구결을 사용하면 어느 정도 통할 수 있을 것이라는 생각에 노래를 불러 보기로 했다.

[휴우, 알겠습니다. 미국에 왔으니 팝송을 불러야겠죠. 내가 부를 노래는 역시 내가 작사, 작곡한 'Some Holidays Morning.' 이라는 곡입니다. 그런데 노래가 좋지 못한지 소니뮤직에 보내서 곡을 살 의향이 있는지 물었는데 아직 답변이 없더군요. 그러니 큰 기대는 하지 말아 주십시오.]

강권은 이렇게 말하고 봉황음 중의 화(和)자결을 섞어 노래를 하기 시작했다. 예리나에게도 틈틈이 봉황음을 가르치긴 했지만 강권의 경지는 이미 화경에 근접했기 때문에 차원이 달랐다.

노래에 섞인 화자결의 효능은 방청객들의 두통과 생리통을 씻은 듯 없애 주었고, 만성 위궤양을 완화시켜 주었다.

얼마나 감동을 받았는지 20여 년 넘게 토크쇼를 진행해 온 노련한 제니 험프리마저 다음 멘트 치는 것을 까먹을 정도였다.

[와우! 와우! 정말 소름이 끼칠 정도로 놀라운 재능입
니다. 진짜 천재 Singer Songwriter가 바로 미스터
최로군요. 실례지만 다시 한 곡 더 청해 들을 수 있을까
요?]

이러면 누가 원래 게스트인지 완전 모호하지 않을 수
없었다.

강권이 약간 인상을 찌푸리자 노련한 제니 험프리는
방청객들을 동원해서 강권을 압박했다. 결국 강권은 내심
좋으면서도 약간 짜증난다는 반응을 보이며 다시 노래를
했다.

[알겠습니다. 이번 곡도 역시 제가 작사, 작곡한 노래
로 제목은 'Life Is Beautiful Thing.'이라는 곡입
니다. 이 노래 역시 EMI에 프러포즈를 했는데 답변을
듣지 못하고 있습니다.]

강권은 미국 음반 시장이 일본 음반 시장의 거의 10배
라는 말을 들은 기억이 있어 기왕 미국에 왔으니 작정을
하고 노래 장사를 하겠다는 프로 근성을 보이고 있었다.

강권은 이번에는 봉황음 중 조(調)자결을 써서 노래를
불렀다.

화(和)자결이 몸 안의 조화로움을 꾀하는 것이라면

조(調)자결은 타인과 타인의 협력을 꾀하는 것이었다.

당연하게도 강권의 노래가 시작되자 방청객들은 서로의 손을 잡고 노래에 맞춰서 몸을 좌우로 흔들면서 춤을 추었다.

제니 험프리가 다시 한 번 강권에게 노래를 청했지만 경옥에게 바통을 넘기는 것으로 제니 험프리의 맹공을 가볍게 피했다.

사실 경옥이도 음공에는 상당한 경지에 올라 있고 영어도 나름 수준급이어서 강권이 작사, 작곡한 팝송을 멋들어지게 불렀다.

다시 계속 이어지는 앵콜 요청.

이에 세 사람은 한 차례씩 더 노래를 하고서야 제니 험프리의 클로징 멘트를 들을 수 있었다.

[여러분 저는 오늘 행복했습니다. 핸섬한 미스터 최와 두 명의 아름다운 가수로 이루어진 슈퍼스타 패밀리를 만났고 그들을 알았다는 게 저에게는 무한한 영광이었습니다. 언제 다시 시간을 내서 슈퍼스타 패밀리의 특집 방송을 해 보겠다는 게 저의 소박한 꿈이 된 하루였습니다. 여러분 다시 만날 때까지 행복하십시오.]

이 녹방은 다시 인터넷을 뜨겁게 달구었으며 '슈퍼스타 패밀리', '예리나의 버진 세일', '예리나', '최강권', '노경옥' 등은 실시간 급상승 검색어의 상위를 차지했다.

❖　❖　❖

[헤이, 피터슨. 자네 지금 엄청난 VIP를 놓치려 하는 것을 알고 있어?]

'EMI 퍼퓰러' CEO인 피터슨 알레한도는 오랜 친구인 제니의 갑작스런 전화를 받고 어리둥절하다 못해 황당하기까지 했다.

―이봐, 제니, 갑자기 웬 VIP타령이야?

[혹시 South Korea에서 'Life Is Beautiful Thing.'이라는 곡을 살 생각이 없느냐는 제안이 왔었어?]

―South Korea에서 프러포즈한 'Life Is Beautiful Thing.'이라고? 근데 그걸 제니가 어떻게 알지?

[그걸 작사, 작곡한 미스터 최라는 사람이 직접 내 쇼에 출연을 해서 말했거든. 심지어 직접 노래까지 불렀는데 정말 죽이더라.]

피터슨은 제니가 어지간해서는 이렇게 과장되게 얘기를 하지 않는 성격이라는 것을 잘 알고 있었기 때문에 제니가 엄청 칭찬하는 'Life Is Beautiful Thing.' 이라는 곡이 정말 궁금해졌다.

—알았어. 이만 끊자.

[어! 잠깐, 내가 대니에게 내 쇼에서 슈퍼스타 패밀리들이 노래하는 부분만 따로 동영상으로 편집해 놓으라고 했거든. 편집이 다 되었으니까 바로 메신저로 쏘아 줄게.]

—고마워. 나중에 한 턱 낼게.

피터슨은 전화를 끊자마자 자초지종을 물어보기 위해 실무 책임자를 불렀다.

물론 실무 책임자인 잭을 부르지 않아도 왜 그런지는 대강 밑그림이 그려지는 상황이었다.

사실 South Korea란 나라가 요즘 K—Pop으로 유럽이나 아시아에서 한창 뜨고 있기는 하지만 미국의 정서에는 아직 완전 부응하지는 못하고 있었다. 그 말은 South Korea는 미국 시장에서는 여전히 변방이라는 의미였다.

실무 책임자인 잭은 '콜드 잭'이란 별명답게 상당히 신중한 편이었고, 노래는 괜찮은데(?) 적정 가격을 어느 선에서 할 것인지 아직 정하지 못했을 것이다.

물론 노래는 괜찮다는 표현은 제니가 엄청 칭찬을 하

기 때문에 하는 생각이었다.

피터슨은 잭이 올 동안 제니가 메신저로 보내준 동영상을 보기로 하고 컴퓨터를 켰다. 동영상에서 맨 처음 흘러나오는 곡은 제니가 말했던 'Life Is Beautiful Thing.' 이었다.

피터슨은 동영상을 보자마자 대박을 칠 것이란 감이 바로 왔다. 노래도 그만이었고, 노래하는 가수의 비주얼도 캡이었다.

그런데도 담당자란 녀석이 아직 계약을 하지 않았다니, 정말이지 욕부터 나오는 피터슨이었다.

[이런 제기랄 놈, 어떻게 이런 곡을 아직도 계약하지 않은 거야? 이놈이 나이를 처먹더니 이제 감도 없어진 거야? 당장 잘라야겠어.]

피터슨은 이렇게 투덜거리면서도 눈과 귀는 동영상에 꽂혀 있었다. 그래서인지 실무 책임자인 잭이 와서 보스를 애타게 부르는데도 아무런 대꾸도 하지 않고 동영상만 보았다.

잭에게 들으라는 듯 약간 볼륨을 높인 것은 물론이었다.

제니가 메신저로 보내준 곡이 총 6곡, 약 25분이 소요되었다. 그러니까 한 곡당 대략 4분 내외라는 말이었다. 딱 적당한 길이였다.

동영상이 종료되는 것을 보고 잭이 피터슨에게 말했다.

[보스, 부르셨습니까?]

[그래. 자네 지금부터 해고야.]

잭은 피터슨의 일방적인 통고에 황당해져서 그 이유를 물었다.

[예에? 보스 갑자기 왜?]

[자네, 이 노래를 들어 본 적 있어?]

피터슨은 해고 이유를 설명하는 대신에 제니가 메신저로 보내온 동영상을 다시 틀었다.

동영상을 틀자마자 들려온 곡은 바로 문제의 'Life Is Beautiful Thing.' 이었다.

잭은 눈이 휘둥그레져서 모니터에 코를 박고 자세히 보았다. 이런 훌륭한 곡을 도대체 누가 작곡했다는 말인가?

그런데 노래를 들을수록 어딘지 귀에 익다는 느낌이 들었다.

잭은 'Life Is Beautiful Thing.' 을 다 들은 후에 MP3를 작동시키면서 말했다.

[그런데 보스, 이것도 한 번 들어 보시겠습니까?]

잭이 작동시킨 MP3에서도 동영상에서와 같은 노래가

흘러나왔다. 첫 곡은 South Korea의 KM엔터테인먼트에서 보내온 데모 곡이었고, 다음에는 'EMI 퍼퓰러' 소속의 가수가 녹음한 똑같은 곡이었다.

그런데 노래의 느낌이 모두 달랐다. 잭은 두 가수가 부른 것으로 곡을 판단하기에 참 애매하다는 결론을 내렸다.

데모 곡으로 평가를 내리자면 'Life Is Beautiful Thing.'은 잘해야 B+ 정도였다. 반면에 소속 가수가 부른 경우는 A-정도였다.

이렇게 볼 때 'Life Is Beautiful Thing.'에 대한 평가는 A-라고 해야 한다.

사실 A- 정도의 곡은 미국에서도 많이 나오는 것은 아니지만 작사와 작곡을 한 사람이 음반 시장에 알려져 있지 않았다는 점을 감안하면 이쪽에서 목맬 정도는 아니다.

피터슨 역시 이 정도는 알고 있었다.

[보스, 사실 이래서 아직 보스에게 보고를 올리지 못한 겁니다.]

[그래? 그렇다면…….]

[그렇습니다. 곡도 나름 좋기는 하지만 그것보다는 저 가수가 엄청 노래를 잘한다고 봐야 할 것입니다.]

[알았어. 잭, 해고 건은 없는 것으로 하고 가서 일봐.]

피터슨은 잭을 자기 사무실에서 내보내고 부리나케 제니 험프리에게 전화를 했다.

[이봐, 제니, 그 가수 연락이 돼?]

—피터슨, 그 가수라니?

[제니가 보내 준 동영상에서 노래를 부른 가수 말이야.]

—예리나 말하는 거야?

[예리나? 예리나라면 어째 여자 이름 같은 느낌이 나는데? 그 남자 가수 이름이 예리나야?]

피터슨의 말에 제니는 배꼽이 빠지라 웃으면서 피터슨의 말을 정정해 준다.

—이봐, 피터슨, 자기가 말하는 그 사람은 최강권이라고, 가수가 아냐. 얼핏 들으니까 무슨 사업을 한다는 것 같았어. 그저 취미로 노래를 만드는 것뿐이래.

[뭐? 취미로 노래를 만드는데 가수보다도 노래를 잘해? 뭐 그건 됐고, 그 최강권이라는 사람과 어떻게 연락이 안 될까?]

—미스터 최와 슈퍼스타 패밀리들은 곧장 South Korea로 간다는 것 같던데. 미국에는 아직 연고가 없고 South Korea의 연락처는 받아 놓았어. 어떻게 해. 그

전화번호라도 가르쳐 줘?

　[그래. 얼른 알려 줘.]

　피터슨은 제니에게 강권의 전화번호를 받고는 제니와의 통화를 끝내자마자 전화를 했다. 지금 시카고의 시간이 오후 11시 20분이니까 서울은 오전 9시 20분이라는 생각이 들었기 때문이다.

　피터슨이 전화를 한 시간에 강권은 막 집에 도착해서 경옥이와 예리나를 위해서 참치로는 회로 뜨고 랍스터는 요리하고 있는 중이었다.

　한창 회를 뜨고 있는 중이어서 예리나가 대신에 전화를 받더니 기겁을 하고는 전화를 강권의 귀에 대 준다.

　눈을 동그랗게 뜨고 화들짝 놀라는 모습이 마치 맹수에게 쫓기는 놀란 사슴 같아서 강권은 웃음을 간신히 참으며 전화를 받았다.

　─헬로, 전화하는 사람은 'EMI 퍼퓰러'의 CEO 피터슨 알레한도라고 합니다. 거기 전화를 받으시는 분은 최강권이시죠.

　경옥이만 해도 영어가 되니까 이렇게 기겁을 하지는 않았을 텐데 예리나는 영어가 안 되니까 우선 겁부터 낸 것 같았다.

[예. 내가 최강권인데 무슨 일이시죠?]

―오! 반갑습니다. 다름이 아니라 최강권 씨에게 우리 'EMI 퍼퓰러'와 전속 계약을 하자고 제안을 드리려고 전화를 드렸습니다.

[아! 그래요? 그런데 어쩌죠? 내가 하는 일 때문에 미국에 가기 힘들어서 전속 계약을 해도 귀 사에 별로 도움이 안 될 텐데요. 그래도 괜찮으시다면 조만간 서울로 오셔서 얘기하시고요.]

―예. 알겠습니다. 그럼 모레 서울에 도착해서 전화를 드려도 되겠습니까?

[그러시든가요. 나야 서울에서는 언제든지 시간을 낼 수 있으니 크게 문제는 없을 것입니다.]

전화를 끊고 강권은 배꼽을 잡으며 웃었다.

경옥이가 욕실에서 나오면서 그 모습을 보면서 물었다.

"여보, 무슨 일인데 그렇게 재미있게 웃어요?"

"으응, 예리나가 말이야……."

강권이 방금 있었던 것을 얘기하려고 하니까 예리나가 얼굴을 붉히며 으름장을 놓았다.

"오라방, 얘기만 해 봐요?"

"하하하, 글쎄 말이야, 예리나가 미국 'EMI 퍼퓰러' 사장의 전화를 받더니……."

"오라방, 이쒸. 정말 그럴 거야? 오라방은 영어 울렁증이 있는 이 예리나를 놀려 먹는 게 그렇게나 좋아?"

"어머, 예리나야, 너 영어 울렁증도 있었어? 그런데 어떻게 미국 토크쇼에는 나갈 생각을 한 거냐?"

"이쒸, 이 못된 오라방이 나는 그냥 노래 몇 곡만 부르면 된다고 꼬이잖아. 그래서 그랬다. 왜? 뗐어. 언니도 이 나쁜 오라방과 한편이지? 이 못된 언니야."

예리나가 코를 씰룩이며 씩씩대는 모습이 너무 웃긴지 경옥이도 배꼽을 잡고 웃는다.

한참을 셋이 토닥거리다 참치 회와 랍스타 요리로 아침을 때우면서 TV를 보던 셋은 우연히 채널을 돌리다 고수원이 화면에 보이자 채널을 고정시켰다.

—그러니까 예리나 양이 KM엔터테인먼트 소속이기는 하지만 아직 데뷔도 하지 않은 가수라는 거죠?

—하하, 예. 그렇습니다.

—고 회장님, 한마디로 완전 땡잡은 거네요. 계약만 했지 아직 데뷔도 하지 않은 가수가 일약 세계적인 스타가 되었으니 이건 길을 가다가 금덩어리를 주운 게 아니고 뭐겠습니까?

토크쇼의 공인된 양념으로 맹활약하고 있는 조향기의 말에 고수원은 호탕하게 웃으며 솔직한 심정을 말했다.

the 리더

―하하하, 조향기 씨 말마따나 지금 제 심정은 금덩이를 주운 게 아니라 다이아몬드 원석을 주운 것 같습니다. 예리나 양이야말로 세공만 잘하면, 아니, 전혀 손을 대지 않은 천연미인인데다 가창력은 물론이고 댄스 실력까지 출중하여 지금 자체만으로도 대한민국을 빛낼 다이아몬드니까요.

―그런 대형 가수가 우리나라에서 나왔다는 게 우리 대한민국으로서는 정말이지 크나 큰 축복이 아닐 수 없군요.

MC인 배완기는 이렇게 말하더니 갑작스럽게 화제를 바꾸었다.

아마도 방송작가들이 보드에 급히 써 놓은 것을 보고 말하는 것 같았다.

―고 회장님, 그런데 지금 인터넷에 예리나 양과 함께 '제니 험프리 쇼'에 출연한 최강권 씨와 그 부인이신 노경옥 씨 얘기가 화제가 되고 있는데요, 최강권 씨와는 따로 친분이 있으십니까?

―아! 예. 최강권 씨는 우리 KM엔터테인먼트의 이사로 계십니다.

―제가 알기로는 최강권 씨 나이가 이십대 초반이라던데 우리나라 최고 엔터테인먼트 회사의 이사라니 대단하

신 것 같군요. 그런데 예리나 양이 10개국 정상들 앞에서 불렀던 10곡을 모두 최강권 씨가 작사, 작곡 했다는데 그것이 사실입니까?

—예. 사실입니다. 최강권 씨는 나이는 어리지만 세계 최고의 뮤지션이자 최고의 음악 천재입니다. 제가 근 30여 년 동안 음악과 함께 살아왔지만 최강권 씨보다 뛰어난 재능을 가진 사람은 보지 못했습니다. 최강권 씨가 저에게 보여 준 100여 곡의 곡은 전부 주옥과 같은 명곡들뿐이었습니다. 그중 여섯 곡은 일본의 엔터테인먼트사와 이미 계약을 해서 일본의 정상급 가수들이 녹음을 하고 있는 중에 있고, 조만간 미국에서도 컨텍이 올 것 같습니다.

생방송 '아침의 풍경'은 처음에는 예리나 위주로 방송을 하다가 작가들이 보드에 뭔가를 적고 난 다음부터 강권의 얘기로 화제의 중심이 급선회하더니 이후는 거의 강권의 얘기뿐이었다.

방송이 끝나자마자 강권은 고수원에게 전화를 걸었다.

"고 회장님, 접니다. 방송을 봤는데 너무 낯이 뜨거워 혼났습니다. 무슨 말씀을 그렇게 하십니까?"

—아! 최 이사님, 죄송합니다. 제가 딴에는 최 이사님을 위해서 한다는 것이 그만 최 이사님의 심기를 불편하

게 한 모양입니다. 다시 한 번 사죄를 드리겠습니다.

고수원은 아직 미국에 있어야 할 강권이 뜻밖의 전화를 하자 자기 허락도 없이 방송에서 자기 얘기를 한 것에 대해 따지려 한다고 생각했는지 바짝 쫄면서 백배사죄했다.

조금 친해졌다고는 하지만 강권은 사나운 호랑이고, 자기는 풀을 뜯어 먹는 사슴에 불과하다고 생각하는 까닭이었다.

강권은 고수원의 태도가 어이가 없었지만 내색은 않고 말했다.

"고 회장님, 내일 시간 좀 내실 수 있겠습니까?"

―예. 물론이죠. 무슨 일이 있더라도 시간을 내겠습니다.

"휴, 고 회장님, 내가 내일 고 회장님에게 시간을 내달라는 것은 함께 만나야 할 사람이 있어서입니다. 물론 나 혼자 만나도 큰 상관은 없지만 고 회장님이 만나면 고 회장님에게 도움이 될 수 있으리라는 생각이 들어서입니다."

고수원은 비로소 강권이 자기에게 화가 나지 않았다는 것을 깨달았는지 한숨을 내쉬며 만날 사람이 물었다.

"아! 그 사람은 피터슨 알레한도라고 하는데 같은 계

통의 사람이니까 고 회장님도 혹시 아실는지 모르겠습니다만."

　―같은 계통이라면… 아! 'EMI 퍼플러' CEO인 피터슨 알레한도요? 그 사람이 한국에 왜 온답니까?

　세계 음악계의 거목인 피터슨 알레한도가 직접 한국에 온다는 말에 수원은 깜짝 놀라며 되물었다.

　강권이 아침에 피터슨 알레한도가 자기와 계약하자고 전화를 했다고 하자 고수원은 완전 뒤집어졌다.

　*소닉붐(Sonic boom):소닉붐은 비행체가 음속을 돌파하거나 음속에서 감속했을 때 또는 초음속 비행을 하고 있을 때 지상에서 들리는 폭발음이다. 원인은 비행하는 물체 각 부분에서 발생한 충격파 때문이다. 공기 중에서는 압력의 변화가 소리의 속도로 전해지는데, 비행체의 속도가 음속을 초과하면 압력의 변화가 비행체 전체에 전해지지 않고 1개 지점에 중첩이 되어 충격파를 형성한다. 말하자면 비행체에 의해서 공기의 압축이 일어나고, 이것이 소리로 나타나는 현상인데, 이는 비행체의 속력과는 상관이 크게 없고, 주로 비행체의 크기, 무게, 고도 등의 요인에 의해서 영향을 받는다. 즉, 비행체의 크기가 클수록, 무게가 무거울수록, 고도가 낮을수록 소닉붐은 더 커지게 되고 그 때문에 유리창이 파손되거나 심지어는 구조물에 손상을 주기까지 한다.

이 때문에 초음속 여객기의 경우는 비행기 설계를 할 때는 기체 중량을 가볍게 하거나 비행 중에 비행 고도를 높이는 방법으로 소닉 붐을 해결한다. 또한 육지 상공을 비행할 때에는 법적으로 고도·속도·비행 코스 등에 제약을 가하고 있다.

　**머피의 신(神): '머피의 법칙'을 가리키는 말.
　머피의 법칙이란 '잘못될 수밖에 없는 것은 반드시 최악의 순간에 터진다.'는 뜻으로 일이 좀처럼 풀리지 않을 때 쓰는 말이다.
　머피의 법칙은 일종의 경험칙으로, 미국 에드워드 공군기지에서 엔지니어로 근무하던 머피 대위가 처음으로 사용했다고 한다.
　머피의 법칙과 반대되는 개념으로는 '셀리의 법칙'이 있다.

제6장
강권, 가수로 미국 시장에 진출하다

피터슨 알레한도가 한국에 온 것은 다음 날이 아니라 당일 오후 2시경이었다.

강권과 통화를 한 후에 강권의 긍정적인 대답을 듣고는 자가용 비행기를 타고 곧장 날아온 것이다.

전화를 할 때부터 쳐서 약 6시간이 걸렸고, 서울에서 시카고의 거리를 대략 10,000km로 잡을 때 시간당 1,600km 이상을 날아온 셈이다.

마하1이 대략 시간당 1,224km임을 감안하면 엄청 서둘러서 왔다는 것을 알 수 있었다.

'허어! 이 양반, 내가 분명 OK했을 텐데 뭐가 그리 급하다고 그렇게 서둘러서 왔을까?'

강권은 내심 이렇게 생각을 하면서도 자신의 경험에 비추어 보면 뭔가 구린 구석이 있는 사람일수록 급하게 서두르는 경향이 있는 법이란 것이 떠올랐다.

'이봐, '달', 'EMI 퍼퓰러'의 CEO 알레한도에 대해서 한 번 알아봐.'

―알았다. 주인아. 피터슨 마누라의 팬티 색깔까지도 샅샅이 파헤칠게. 기대해도 좋아.

'환' 종합 매니지먼트 기안 건 이후로 강권은 '달'에게 컴퓨터에 대해서 통달하라고 명령했다.

컴퓨터 하면 고지식하고 FM인 '해'가 적임이라고 생각할지 모르지만 소프트웨어에 대해서 정통하려면 '달'처럼 유연하게 대처해야 한다. '달'은 자신의 장담대로 피터슨 마누라의 팬티 색깔까지도 알아낼 수 있을 것이다.

강권은 피터슨이 그렇게 서두르는 게 이해가 안 갔지만 피터슨의 생각은 또 달랐다.

피터슨의 생각에는 '팝의 황제'라는 칭호를 들었던 마이클 잭슨보다도 강권이 더 위대한 뮤지션이 될 것이라는 확신을 가졌다. 문제는 강권의 존재가 이미 인터넷에 올랐다는데 있었다.

알려지지 않았다면 모르는데 이미 알려졌으니 누가 채 갈지 모른다는 생각에 엄청 조바심이 날 수밖에 없었던 것이다.

강권은 피터슨에게 전화가 와서 좀 있으면 일본 상공을 진입할 것이라고 하자 고수원에게 부리나케 전화해 공항으로 함께 마중 나가자고 제안했다.

—하하, 최 이사님, 피터슨이 오후 2시경에 인천공항으로 입국을 한다고요?

"예. 그 양반 번갯불에 콩을 구워 먹을 양반입니다. 뭐가 그리 급했는지 전화를 끊자마자 자가용 비행기로 출발했다고 하더군요."

—하하하, 최 이사님, 저라도 그랬을 것입니다. 향후의 음악계는 최 이사님의 손에 달렸으니까요. 그런 최 이사님을 누가 가로채 가기라도 한다면 완전 닭 쫓던 개 지붕 쳐다보는 격이 아니겠습니까. 오늘 '뮤즈 걸스' 애들에게 고기나 먹일까 했는데 애들에게는 미안하지만 우선순위에서 밀렸으니 다음 기회로 잡아야겠습니다.

"허허, 굳이 그러실 필요까지는 없는데요."

—어딜요? 피터슨 그 양반은 지금 세계 음악계에서 몇 손가락 안에 끼는 양반입니다. 그러니 지금 그 사람과 만날 기회를 놓치면 저따위가 언제 그런 사람과 만날 수 있

겠습니까?

"허허, 그래도 그게 아니죠. 참, '뮤즈 걸스' 아이들이 참치 회를 좋아하는지 모르겠습니다. 고기는 몰라도 참치라면 내가 얼마든지 제공할 수 있는데요."

—참치 회요? 그 좋은 걸 애들이 왜 싫어하겠습니까? 없어서 못 먹지 있다면 참치 한 마리도 거뜬히 해치울 아이들입니다.

"하하하! 그래요? 그러면 오시는 길에 그 아이들을 우리 집으로 데려오십시오. 제가 참치 한 마리 정도는 아무 부담 없이 제공할 수 있으니 말입니다. 우리 집에 와 보셨으니 아시겠지만 20~30명 정도는 거뜬히 먹고 놀 수 있을 것입니다. 그 정도 선에서라면 '뮤즈 걸스' 외에도 데려올 만한 사람들은 데려오셔도 됩니다."

—하하하, 최 이사님, 고맙습니다. 최 이사님 덕분에 아이들에게 시달리지 않아도 되겠군요.

강권은 전화를 끊고 고수원이 한 말에 대해서 잠깐 생각했다.

고수원의 말마따나 안타깝지만 그것이 정확한 현실이고, 'EMI 퍼퓰러'와 KM엔터테인먼트의 현주소였다.

대한민국 최고의 엔터테인먼트 회사인 KM이 재계 순

위 1,000대의 중소기업이라면 EMI는 오성이나 한도 그룹 같은 대기업인 것이다.

그런 상황이니 아마도 피터슨 알레한도의 뇌리에는 고수원의 이름은 없을지도 몰랐다.

강권은 고수원의 씁쓸함이 풀풀 풍기는 멘트를 생각하며 앞으로 고수원의 이름이 세계에 우뚝 설 것이라는 생각이 들었다.

강권이 무슨 수를 써서라도 그렇게 만들 것이니 틀린 생각은 아닐 것이다.

"그나저나 이거 참치 회를 먹으러 오라고 했으니 대충 준비는 해 두어야겠군."

강권은 토시에서 아까 회를 뜨고 넣어 둔 참치를 다시 꺼내서 대략 50인 분을 예상하고 부위별로 넉넉하게 회를 떠서 저온 저장고에 넣고 난 후에 예리나에게 말했다.

"예리나야, 너 '뮤즈 걸스' 걔네들 알지? 걔네들이 참치 회를 먹으러 온다고 하니까 너는 집에 남아서 걔네들을 대접해야겠다. 참치 회는 저온 저장고에 넣어 두었으니까 걔네들이 오면 꺼내 주면 될 거야. 알겠지?"

"오라방, '뮤즈 걸스' 언니들이 참치 회를 먹으러 온다고?"

"으응. '뮤즈 걸스' 외에도 데려올 사람들은 데려오라고 했어. 대충 50인분 정도로 넉넉하게 회를 떠 두었으니까 모자라지는 않을 거야."

"헐. 오라방, 겨우 회 50인분 떠 놓고 모자라지는 않을 거라고? 오라방은 그 언니들이 얼마나 식신들인지 모르지? 특히 수향이 언니와 윤이 언니 두 식신들만 해도 적어도 각자 10인분 정도는 가뿐히 해치울 거라고. 다른 언니들도 최소한 5인분 정도는 해치울 거고."

강권은 예리나의 말에 설마 하는 생각으로 말했다.

"오빠가 손님을 모시고 늦어도 오후 3시까지는 올 테니 그걸로 모자라면 그때 가서 더 떠 주면 되잖아. 그러면 되겠지?"

"어엉? 안 될 텐데. 그 언니들은 먹는 거라면 완전 진공 청소기라고 생각하면 맞을 거야. 회장님께서 나를 회사 식구들에게 인사시켜 준다고 꽃등심을 사 주신 적이 있었는데 그 언니들이 앉자마자 50인분을 뚝딱 해치우더니 더, 더를 외치더라니까. 그러니까 오라방, 50인분만 더 떠 놔. 어쩌면 그 걸로도 모자랄지 몰라."

"예리나야, 회라는 게 신선할 때 먹어야 하는 것이어서 남으면 못 먹고 버릴지 몰라. 그러니까 나중에 내가 와서 더 떠 주는 게 어떻겠냐?"

"됐네요. 오라방, 내가 그 언니들은 더 잘 아니까 오라방은 잔말 말고 회나 더 떠 놓으셔."

강권은 예리나의 고집에 다시 50인분을 더 떠 놓고 내친김에 입가심으로 먹을 수 있게 랍스터와 조개까지 회를 떠 놓았다.

회 뜨기를 마치자 때를 맞추어 고수원 회장이 소속사 가수, 연기자, 프로듀서, 로드 매니저 등을 포함해서 40여 명의 대부대를 이끌고 왔다.

고수원은 너무 많이 데려와서 미안한지 겸연쩍게 말했다.

"최 이사님, 이거 죄송합니다. 얘들이 하도 최 이사님께 인사를 드리겠다고 떼를 써서 어쩔 수 없이 이렇게 됐습니다."

"하하, 잘됐습니다. 이 기회에 상견례를 하는 걸로 하지요. 뭐."

강권은 이렇게 웃으면서 말했지만 내심 예리나의 우려가 현실이 될 수도 있다는 불안한 마음이 드는 것은 어쩔 수 없었다.

생각 같아서는 회를 더 떠 놓고 가고 싶었지만 피터슨이 올 때가 다 되어서 얼른 인천공항으로 가야 했다.

강권은 예리나를 살짝 불러 말했다.

"예리나야, 내가 최대한 빨리 갔다 올 테니 수고 좀 해 다오."

"알았어. 오라방, 오라방이 나 때문에 저들을 대접하려 한다는 것을 잘 알고 있거든. 그러니까 나에게 미안해할 필요는 없어."

강권은 경옥이 손님을 접대한다고 남겠다고 하는 걸 억지로 데리고 부부동반해서 피터슨을 마중 갔다.

강권이 인천공항에 도착을 했을 때 피터슨은 이미 입국 수속을 끝마친 뒤였다.

보통 사람들이라면 입국 심사를 하는데 못 잡아도 40~50분은 걸릴 텐데 미리 손을 써 두었는지 입국 심사에 시간을 거의 쓰지 않아서 빨랐던 것이다.

피터슨은 자기에게 명성이 있고, 인맥이 넓다는 것을 최대한 활용한 것 같았다.

서로 인사를 하고 강권이 집으로 초대를 한다고 하자 피터슨이 무슨 말을 들었는지 엄청 좋아라고 했다. 아마도 피터슨이 '강권표 와인'에 대해서 주워들은 것이 아닌가 하는 생각이 들었다.

강권은 피터슨과 그 일행 10여 명을 이끌고 부리나케 집으로 향했다. 강권이 집에 도착하자 우려하던 일이 끝내 벌어져 있었다.

참치 회 100인분과 입가심으로 남겨 둔 랍스터와 조개 회 20인분 이상을 모두 해치우고 '뮤즈 걸스' 소녀들이 삼겹살을 굽고 있는 중이었다.

다행스러운 것은 먹을 게 떨어져서인지 40여 명이나 되는 인원이 절반 이하로 대폭 줄어들었다는 것 정도였다.

강권이 나타나자 '뮤즈 걸스' 소녀들은 "이사님, 회 떠 주세요."를 합창하다 강권의 뒤로 낯선 외국인들이 떼거리로 올라오자 조개처럼 꼭 입을 다물었다.

그러고는 예리나에게 몸짓으로 누구냐고 묻는 것이었다.

하지만 예리나도 예상치 못한 상황이어서 대답해 줄 수 없었다.

미국의 무슨 엔터테인먼트사 사장이 온다는 말은 들었지만 한두 명 정도 올 것으로 예상했지 10명도 넘게 떼거리로 올 줄은 전혀 상상을 하지 못했기 때문이다.

'우리 회장님은 만날 혼자 다니는데 회장보다도 낮은 사장이 어떻게 이렇게 많은 사람들을 데꼬 다닐까?'

만날 혼자서 돌아다니는 고수원 회장을 보아 왔던 예리나의 생각이었다.

사장도 사장 나름이고, 고수원 회장도 외국에 나가거
나 공식적인 자리에선 많은 수행원들을 거느리고 다니는
걸 보지 못한 까닭이었다.

'뮤즈 걸스' 소녀들의 궁금증은 고수원 회장이 풀어
주었다.

"모아야, 인사드려라. 'EMI 퍼퓰러'의 CEO이신 피
터슨 알레한도님이시다."

[처음 뵙겠습니다. 미스터 알레한도, 저는 가수 모아라
고 합니다.]

[오우, Beautiful Lady, 들은 것보다 더 미인이시
네요. 안녕하세요.]

피터슨 알레한도가 모아의 인사에 떠듬거리는 한국말
을 써 가면서 답례를 하자 '뮤즈 걸스' 소녀들은 서로 눈
짓으로 행동을 통일하고는 시키지도 않았는데 씩씩하게
인사를 했다.

"안녕하십니까? '뮤즈 걸스'입니다. 예쁘게 봐주세
요."

"안녕하세요."

피터슨은 '뮤즈 걸스'의 갑작스런 떼 인사에 당황한
듯 떠듬거리며 한국말로 인사를 했다.

그것을 본 고수원 역시 사뭇 당황한 기색이었다.

모아야 이미 미국에 진출했으니 인사를 시켰지만 '뮤
즈 걸스'는 기회를 봐서 인사를 시키려고 했는데 미리 선
수를 쳐서 피터슨을 당황하게 만들었으니 난감할 노릇이
었다.

피터슨 정도의 위치에 있으면 함부로 인사를 나누지
않는다는 것 정도를 왜 모르는 것이냐고 당장 호통이라도
치고 싶을 정도였다.

이 난처한 상황을 타개한 것은 강권이었다.

강권은 유창한 영어로 피터슨에게 '뮤즈 걸스'는 대한
민국에서 레이디 가가 정도의 아이돌 '걸 그룹'이라고
소개를 한 것이다.

그제야 피터슨은 웃으면서 '뮤즈 걸스' 소녀들에게 인
사를 했다.

[미스터 최, 미스터 최와 정식으로 전속 계약을 하고
싶은데 어떻게 생각하십니까?]

"미스터 알레한도, 사실 나는 그저 음악이 좋아서 불
렀고, 부르다 보니 내가 직접 만들고 싶어서 작사, 작곡
을 하게 되었습니다. 그런 내가 'EMI 퍼퓰러'처럼 세계

에서 알아주는 음반 회사와 전속 계약을 한다는 것은 큰 영광이 아닐 수 없습니다. 그런데 문제는 내가 어디에 묶일 정도로 한가한 사람이 아니라는데 있습니다. 그러니 생각할 시간이 좀 필요합니다."

영어를 유창하게 쓰던 강권이 공식적인 입장이 되자 한국말을 고집했다. 그러자 피터슨 쪽에서 상당히 당황한 모양이었다.

물론 통역을 데리고 오기는 왔지만 통역사가 강권의 영어가 워낙 유창해서 미처 대비를 하지 않은 탓에 가까스로 통역을 해 주었지만 만족할 정도의 통역은 아니었던 것 같았다.

게다가 경쟁 회사에서 이미 제안을 한 것일 수도 있다는 것 또한 전적으로 배제할 수 없는 것이어서 더 그랬다. 자기네들끼리 한참을 뭐라고 쑥덕거리던 피터슨이 다시 물어왔다.

[그럼 시간을 얼마나 드려야 합니까?]

"확실하게 단정을 짓지 못하겠습니다. 그렇지만 기왕 오셨으니 일단 서로에 대해서 알아 가는 것이 먼저라는 생각이 드는군요. 동양 사람들, 특히 우리 한국 사람들은 안면이라는 것을 매우 중요하게 생각하니까요."

강권의 애매한 태도가 피를 말리는지 피터슨의 표정이

썩 좋지는 못했다. 그런데 피터슨이 난 사람은 난 사람인 모양이었다.

굳이 계약에 연연하지 않겠다는 태도를 취하는 게 아닌가.

이후부터는 계약 얘기는 쏙 빼고 '강권표 와인'을 비롯해서 예리나의 특별 공연, '제니 험프리 쇼'로 화제에 올랐다.

[피터슨, 참치 회를 좋아하십니까?]

[예. 노다란 일본 친구를 알게 돼서 회를 먹게 되었습니다.]

'노다? 설마 그 '미꾸라지 총리'를 가리키는 것은 아니겠지?'

강권은 내심 이런 생각을 가졌지만 내색을 하지 않고 참치를 가져오는 척 저온 저장실에 들어가 토시에서 대략 200kg 정도의 참치를 꺼냈다.

'아공간'이란 게 본래 시간의 흐름이 거의 없는 곳이어서 토시 속에서 꺼낸 참치는 갓 잡은 것처럼 신선하기 그지없었다.

당연히 다들 놀랄 수밖에 없었다. 하지만 그렇지 않는 사람들도 있었으니 그들은 '뮤즈 걸스' 소녀들이었다.

그녀들은 놀라기 보다는 식욕을 추스르기에 바빴던 것

이다.

물론 강권은 그걸 보고서도 모르는 척했다.

[오! 놀랍습니다. 미스터 최, 어떻게 이렇게 신선한 참치를 구할 수 있습니까?]

[하하하, 피터슨, 대한민국은 안 되는 것이 없는 나라라는 것만 아시면 됩니다. 더 많이 알려 하다가는 다치는 수가 있습니다.]

강권은 웃으면서 썰렁한 농담을 서슴지 않았다.

피터슨은 강권의 썰렁한 농담에는 반응을 보이지 않고 안주가 있으니 술이 있어야 하지 않겠다는 식으로 '강권표 와인'을 찾았다.

'안주가 있으니 술이 있어야 한다고?'

아마 피터슨은 일본 친구를 만나서 참치에 대해 아는 게 아니라 이건 필시 한국 사람에게서 배운 모양새였다.

강권은 참치를 순식간에 해체하고는 회를 떠서 접시에 담았다.

그 와중에도 침을 삼키고 있는 아홉 식신들에게는 질보다 양이라는 판단에서 다른 사람들이 보지 못하게 아까 회를 뜨다만 참치에서 살코기를 뭉텅 썰어 수북하게 담았다. 족히 50인분은 될 정도였다. 강권은 예리나를 시켜 식신들에게 보냈다.

드디어 시식의 시간.

강권은 3,000cc 정도의 피처에 피터슨이 그렇게 고대하던 '강권표 와인'까지 내왔다.

[피터슨, 담백함을 즐기는 일본 사람들은 참치의 등살을 선호하고, 고소한 미각을 좋아하는 우리 한국 사람들은 참치의 뱃살을 선호한다는 것을 아십니까?]

[오! 그렇습니까?]

[그렇습니다. 그리고 참치 회를 드실 때는 속살, 등살, 옆구리 살, 뱃살, 갈빗살 순으로 드셔야 가장 맛있게 드실 수 있다고 합니다.]

피터슨을 비롯한 미국 사람들은 나름 와인을 먹는 방법을 아는지 향기와 맛을 음미하면서 마시는데 비해 KM 직원들은 그게 아니었다. 마치 소주를 마시는 것처럼 들이다 붓는 것 같았다.

결국 이미 한 번 된통 당한 경험이 있는 고수원 회장이 나서서 직원들을 모두 쫓아 보냈다.

자칫 피터슨에게 실수하는 것은 차치하고라도 강권에게 실수라도 하는 날에는 치명적일 수 있었기 때문이다.

고수원 회장은 이번에는 자꾸 와인에 눈독을 들이는 '뮤즈 걸스'들의 태도도 거슬렸는지 예리나를 시켜 아래층으로 내려가도록 했다. 물론 '뮤즈 걸스'들은 다시금

강권에게서 상당량의 참치 살코기를 탈취(?)하고서야 깔깔거리면서 아래층으로 내려갔다.

어느 정도 장내가 정리가 되자 EMI쪽 사람들이 하나둘 옆으로 옮겨 가더니 강권이 있는 곳에는 피터슨을 포함해서 네 명만 남았다. 강권과 고수원 회장 이렇게 한국사람 둘과 EMI쪽에서는 피터슨과 잭 이렇게 미국 사람 둘.

어떻게 보면 편싸움이고 좋게 해석하면 비로소 비즈니스를 하겠다는 의도이리라.

[정말이지 미국에서도 보기 드문 아름다운 정원이군요. 미스터 최는 어떻게 옥상에 이렇게 아름다운 정원을 꾸밀 생각을 하셨습니까?]

[하하, 내가 생각한 게 아닙니다. 우리 장모님 생각이시지요.]

[하하, 그렇군요. 그럼 그 유명한 '강권표 와인'도 그분의 작품입니까?]

[그것은 아닙니다. 우리 장모님께선 와인을 딱 한 번 맛보고는 더 이상 와인을 찾지 않으셨다고 합니다. 너무 떫어서 드실 수 없으셨던 것이지요.]

이렇게 시작한 대화는 피터슨의 필사적인(?) 분투로

계약 쪽으로 옮겨지게 되었다. 하지만 피터슨은 원하는 것을 얻을 수 없었다. '미리내'와 '환' 그룹의 이야기가 전면으로 나오자 강권이 피터슨의 생각보다 훨씬 큰 인물이라는 것을 알게 된 것이다.

결국 피터슨은 마지막 배팅을 할 수밖에 없었다.

[미스터 최, 원하시는 게 무엇입니까?]

[내가 구상하고 있는 것은······.]

강권은 여기까지 말하고는 암암리에 고수원과 잭의 마혈을 짚어 기절을 시킨 후에 말을 이었다.

[지금부터 하는 말은 피터슨 씨만 알아야 합니다. 그렇지 않은 경우에 발생하는 사태는 전적으로 피터슨 씨가 책임져야 할 것입니다. 약속하시겠습니까?]

[예. 약속드리겠습니다.]

[내가 구상하고 있는 것은 음악뿐만이 아니고 영화와 스포츠를 망라한 종합 매니지먼트 사업입니다. 인간의 정신적인 만족을 위한 것이라면 모두 손대 볼 작정입니다.]

강권이 말은 '정신적인 만족'이란 표현을 썼지만 그가 꾀하고자 하는 의도는 '정신적인 지배'라는 게 옳을 것이다.

그걸 알지 못하는 피터슨은 의아한 듯 반문했다.

[종합 매니지먼트 사업으로 인간의 정신적인 만족을 추구하는 일을 모두 손대시겠다고요?]

[예. 나는 이미 미국 쪽에도 '환' 매니지먼트를 설립해 놓은 상태입니다. 물론 지금 당장에는 큰 성과를 낼 수 없겠지만 향후 십 년 후에는, 넉넉잡고 이십여 년 후에는 세계인들은 '환'의 업적에 대해서 탁월한 선택이었다는 이야기를 하게 될 것입니다.]

[……]

피터슨은 강권의 말이 너무 어이가 없는 이야기였는지 아무런 대꾸도 하지 않았다.

뒤이어서 '환' 매니지먼트 종합 연구소에서 인간의 기호를 연구, 분석해서 히트곡들을 찍어 낸다고 할 정도로 양산할 수 있다고 하자 마치 별 미친놈을 다 보겠다는 반응을 보였다.

그런데 연구소의 성과로 당장에 통할만한 곡들이 100여 곡이나 만들어져 있다는 것을 알게 되자 조금 구미가 당기는 것 같았다.

강권은 마지막 카운터펀치를 날렸다.

[피터슨, 피터슨이 맛본 이 와인이 어떻다고 생각하십니까?]

[그야, 제가 맛본 와인 중에서도 최고입니다. 그러면

설마…….]

　피터슨은 뭔가 짚이는 게 있는지 말을 흐렸다.

　강권은 대답 대신에 와인 숙성실에서 질 좋은 와인으로 바꾸지 않은 원래 와인을 조금 가져와서 피터슨에게 내밀었다.

　[내가 지금 가져온 이 와인과 피터슨 씨 앞에 있는 와인은 같은 포도나무에서, 같이 수확을 해서 만든 동일한 것입니다. 바로 이 옥상 정원에 있는 포도나무로 만든 것이지요. 한 번 음미해 보시고 그 차이를 느껴 보시기 바랍니다.]

　피터슨은 강권이 내민 와인의 색깔이 너무 혼탁해서 선뜻 내키지 않았는데 마시려는 순간 톡 쏘는 시큼한 냄새에 기겁을 하고 잔을 내려놓고 말았다. 입에 대기가 겁났던 것이다.

　[피터슨 씨는 이곳으로 오기 전에 제이슨이라는 사람에게 나에 대해서 어느 정도 정보를 받고 왔을 것입니다. 피터슨 씨가 CIA에서 근무하고 있다고 알고 있는 그 제이슨은 사실은 *미국국가정보국에 근무하는 사람입니다. 제이슨. 1962년 미국 텍사스 주 브라조스 카운티에서 출생. 81년 아나폴리스에 입교, 85년 해군 소위로 임관. 89년 네이비씰 중대장 역임. 98년 해군 중령으로 예편.

2005년 미국국가정보국 아시아 담당 지국장이 됨. 계속할까요? 아 참! 제이슨을 알게 된 계기가 피터슨 씨의 전처인 파라로 인해서라는 것을 빠뜨렸군요.]

[…….]

강권은 '달'이 보고해 온 정보를 언급하면서 피터슨의 변화를 살폈다. 과연 피터슨의 안색이 완전 달라졌음을 느낄 수 있었다.

[10개국 정상들에게도 말했지만 나는 평화를 사랑하고 지키려는 생각을 갖고 있습니다. 하지만 나와 우리 가족, 우리나라를 해하려는 무리들에게는 본때를 보여 주겠다는 것이 내 확고한 신념이기도 합니다.]

강권은 벙 쩌 있는 피터슨에게 미소를 지어 보이면서 호기롭게 말을 이어 나갔다.

[나는 세계에 이미 내가 가진 힘을 보였고, 내가 가진 힘이라면 지금 당장에라도 세계를 내 손아귀에 넣을 수 있습니다. 하지만 그렇게 하기 싫기 때문에, 세상은 더불어 살아가야 한다고 믿기 때문에 그렇게 하지 않고 있습니다.]

[…….]

[피터슨 씨, 나와 함께하시겠습니까? 아니면 서로 다른 길을 걸으시겠습니까? 서로 다른 길을 간다고 해도

이번에는 아무런 해를 끼치지는 않을 것입니다만 다음번에는 서로 적이 될 수도 있겠군요.]

시세를 알아야 준걸이라고 피터슨은 결국 강권과 함께하기로 했다.

강권은 승낙의 말을 들음과 동시에 고수원과 잭의 마혈을 풀어 주었다. 물론 고수원과 잭은 자신들이 술에 취해 잠깐 존 것으로 알았다.

[피터슨 씨, 혹시 계약서를 가져온 것이 있나요?]

[아! 예. 여기 있습니다.]

강권은 피터슨이 건네는 계약서를 꼼꼼하게 따지면서 자구를 하나하나 고쳐 가기 시작했다.

[회사와 가수 간의 이득 분배 비율을 5:5로 한 것은 나에게 엄청 불리합니다. 2:8로 합시다.]

[미스터 최, 이득 배분을 5:5로 한 것은 미스터 최에게 엄청난 특혜나 다름이 없습니다. 미국에서도 수준급 가수들이나 그런 대우를 받을 정도입니다.]

[그건 전혀 그렇지 않습니다. 우선 내 앨범에 담길 곡들은 전부 내가 만든 곡으로 할 것이니까 'EMI 퍼퓰러'로서는 곡을 사는데 드는 비용을 전혀 부담할 필요가 없습니다. 또 PR에 드는 비용도 내 이미 인지도가 높아졌으니 크게 줄어들 것입니다. 그리고 음반 녹음도 한국에

서 할 것인데 그것 역시 'EMI 퍼퓰러'로서는 들어갈 비용이 들어가지 않을 테니 그 혜택은 나에게 돌아와야 합니다. 물론 한국에서 들어가는 비용은 내가 해결하겠습니다.]

피터슨은 강권의 말에 잠시 생각을 하더니 한국의 스튜디오를 살펴보고 결정하자고 했다.

강권은 피터슨이 한국의 수준을 우습게 여기는 것 같아 'Yes'냐, 'No'냐를 지금 결정하라고 우겼다.

어떻게 생각하면 고집을 피운 감도 없지 않아 있었지만 지금 강권의 기술 수준은 저들보다도 오히려 낫다고 할 수 있었으니 꼭 그렇게 볼 것만은 아니었다.

피터슨은 한참 고민하다가 'EMI 퍼퓰러'에서 톱클래스의 프로듀서를 데려오는 조건으로 3:7로 하자고 제안했는데 그것으로 최종 결정되었다.

고수원은 계약하는 과정을 옆에서 지켜보면서 강권의 협상 솜씨에 완전 탄복하였다.

한국에서는 가수에게 이렇게 유리한 조건의 계약은 생각할 수 없을 뿐더러 아마도 'EMI 퍼퓰러'처럼 큰 음반 회사가 이런 조건으로 계약을 한 예는 없지 싶었다.

물론 이것은 강권이었기에 가능한 일이었을 것이지만 말이다.

[미스터 최, 미스터 최의 녹음 프로듀서로 피터 라펠슨을 추천하고 싶은데 어떻게 생각하십니까?]

피터슨의 제안에 강권은 고수원을 보았다. 강권으로서는 피터 라펠슨이 어떤 사람인지 모른 까닭이었다.

고수원이 고개를 끄덕거리자 강권은 'Yes'를 했다.

피터슨은 위성 전화로 누군가와 통화를 하더니 모레부터 음반 작업을 하자고 하고는 당장에 피터 라펠슨을 데리러 간다면서 자리에서 일어났다.

피터슨은 정말이지 못 말릴 정도로 급한 성격의 소유자였다.

강권도 굳이 잡고 싶은 생각이 없어 작별을 고했다.

[우리나라 속담 중에 가는 사람 잡지 않고 오는 사람 막지 않는다는 말이 있습니다. 피터슨, 그럼 모레 봅시다.]

강권은 이렇게 인사를 하고는 피터슨에게 와인을 두어 병 챙겨 주었다.

와인이 두어 병인 것은 한 병은 와인 병에 넣어 주고, 다른 한 병은 그냥 페트병에 넣어 주었기 때문에 그런 것이다.

"고 회장님, 'EMI 퍼퓰러'에서 프로듀서로 추천한 피터 라펠슨이란 사람을 아십니까?"

피터슨을 배웅하고 오는 길에 강권이 물었다.

"예, 최 이사님, 저도 피터 라펠슨을 잘 알고 있습니다. 마다나, 엘튼 존, 브리트니 등의 세계적인 가수들과 음반 작업을 하고 있는 세계적인 작곡가 겸 프로듀서입니다. 우리 KM에서도 모아와 함께 작업을 한 적이 있습니다. 실력도 괜찮지만 우리나라를 엄청 좋게 보는 사람이어서 더 괜찮지만 말입니다."

"그래요? 만나보고 싶네요."

"최 이사님, 음반 작업이란 것이 사실 피를 말리는 작업입니다. 한동안 고생하셔야 될 것입니다."

"하하, 고 회장님께서 그렇게 말씀하시니 저는 더 기대가 됩니다. 피를 말리는 기분을 느껴 본 지가 꽤 오래된 것 같아서요."

"다른 사람이 그런 말을 했다면 믿기지 않는데 최 이사님께서 그리 말씀하시니 당연한 것처럼 여겨집니다."

"하하하, 고 회장님, KM에 스튜디오가 있는 걸로 아는데 기왕에 말이 나왔으니 당장 그 기분을 느껴 볼 수 있을까요?"

"예에? 프로듀서도 없이 음반 작업을 하시겠다고요?"

고수원은 강권의 엉뚱한 말에 정색을 하며 반문했다.

그런데 강권은 대수롭지 않다는 듯 말했다.

"하하하, 고 회장님, 연습 삼아서 한 번 해 보려고 그럽니다. 정 프로듀서가 있어야 한다면 KM에도 프로듀서가 있을 것 아닙니까? 뭐, 잠깐 봐주라고 하지요."

"하지만 녹음 작업을 해야 할 곡이 팝송이니까 팝송을 그들 사고방식으로 제대로 해석할 수 있으려면 아무래도 미국인 프로듀서라야 하지 않겠습니까?"

"하하, 내가 만든 곡이니까 곡에 대해서는 내가 잘 알지 않겠습니까? 그러니까 그렇게 염려하지 않으셔도 됩니다."

"휴우, 알겠습니다. 최 이사님 뜻대로 하십시오."

고수원은 강권의 고집을 이길 수 없다는 것을 알았는지 슬며시 꼬리를 내렸다.

그러다 문득 강권이 아직 음반 작업을 한 번도 해 보지 못했다는 생각이 들자 이 기회에 한 번 경험해 보는 것도 나쁘지는 않으리라는 생각도 들었다.

'하긴 피터가 와서 본격적인 작업을 하더라도 한 번 경험해 보는 게 더 진도가 빠르겠지.'

고수원의 이런 생각은 바로 그날 잘못된 것으로 판명되었다.

강권이 단 두 시간 만에 10곡을 모두 녹음해 버리는
초유의 괴력을 발휘했기 때문이다. 물론 이것들을 제대로
된 곡으로 만들려면 세션이라든가, 컴퓨터 믹싱 등을 가
미해야 하겠지만 사람의 목소리가 들어갈 부분이 끝났으
니 나머지는 오롯이 프로듀서의 몫인 것이다.

'하여간 저 인간은 인간도 아니야. 어떻게 못하는 게
없냐? 앞으로 저 인간에 대해서라면 나는 무조건 포기
다.'

고수원은 내심 이렇게 생각하며 포기하는 게 만수무강
의 유일한 길이라는 걸 새삼 느꼈다.

---

*미국국가정보국(Director of National Intelligence;
DNI):미국국가정보국은 미국의 16개 정보기관을 총괄하는 최고 정
보기관으로 미국 역사상 최초로 외부 세력에 의해 본토가 공격받은
9·11테러를 계기로 탄생했다.

9·11 테러 이후 미국 의회는 미국의 정보기관들이 서로 협력하
지 않은 채 따로 움직여 테러가 일어났다고 보았다. 그래서 그 대안
으로 각 정보기관을 통솔하는 별도의 기관을 만들 것을 행정부에 요
구했다. 그 결과 만들어진 것이 바로 국가정보국이다.

국가정보국의 특징은 백악관 직속 기관이 아니라 외부의 독립 기
관으로, 국장은 장관급이지만 내각의 장관이 되지는 않는다는 점이

다. 또한 정보기관의 정보 기능을 감독하는 것은 물론이고 실질적인 정보 예산의 결정권과 통제권까지 갖고 있다.

미국의 정보 예산의 태반은 미국 내 모든 군사 정보를 다루는 국방정보국과 국외의 모든 정보(여기에는 첩보 위성과 도청 및 감청까지 포함)를 관할하는 국가보안국(NSA) 등이 쓰는데 이를 국방부가 집행하고 통제해 왔다. 그런데 그들이 운용하는 예산의 결정과 통제권을 국가정보국이 갖게 됨에 따라 이들 정보기관은 실질적으로 국가정보국에 속하게 되었다.

제7장
강권 빌보드 차트를 석권하다

"윤영진 프로듀서, 어때?"

"최곱니다. 어떻게 저런 실력을 갖고도 가수 할 생각을 하지 않았을까요? 그런데 문제는……."

"문제는 뭔가?"

"최 이사님의 보컬이 너무나 뛰어나서 이사님의 보컬을 감당할 세션이 있는지 의문스럽습니다."

노래를 너무 잘해서 연주가 죽는다니 도무지 되도 않는 말이었지만 고수원 역시 그렇게 느끼고 있었다.

"휴우, 그렇지? 필을 받으면 시도 때도 없이 애드립을 쳐대던 *Jeff Beck의 전성기 시절에나 감당할 수 있을 것 같다는 생각이 내 솔직한 심정이야."

"회장님, 우리나라에도 나름 괜찮은 세션맨들이 있지 않습니까?"

"물론 우리나라 말로 된 록이라면 괜찮은 친구들이 몇 있기는 하지. 그런데 그들이 과연 최 이사의 보컬에 죽지 않으면서도 팝송 특유의 맛을 낼 수 있을까?"

"하긴 그렇죠. 연주라는 것도 곡의 감정을 살려야 하는데 노랫말을 제대로 이해하지 못한다면 힘들겠지요."

20여 년 동안 음악과 더불어서 살아왔던 두 사람은 지금처럼 보컬이 너무 뛰어나서 어려운 경우는 또 처음이었다.

사실 그동안 음반 작업 중의 어려웠던 점은 일부 비쥬얼 가수들의 저열한 가창력을 커버하는 것이었지 세션맨들의 연주를 걱정할 경우는 거의 없었다.

세션맨들의 작업 시간대가 겹쳐서 스케줄을 맞추느라고 허둥지둥할 때는 있었지만 이처럼 적당한 세션맨이 없을 것 같아 염려한 적은 한 번도 없었다.

그것은 그만큼 우리나라 뮤지션들이 세계 정상급에 근접해 있다는 말이기도 했다.

그래서 두 사람은 더 황당해 하지 않을 수 없는 것이다.

"일단 다원이나, 완기, 대열이에게 녹음된 곡들을 보

내 보는 건 어떨까?"

"회장님, 최 이사님께서는 'EMI 퍼퓰러'와 피터 라
펠슨과 이미 프로듀싱하기로 계약이 되어 있다면서요?"

"아무래도 그렇지? 하긴 최 이사의 이 곡들은 엄밀하
게 말하면 우리 KM엔터테인먼트와는 아무 관계도 없
지."

이렇게 말하는 고수원은 씁쓸하지 않을 수 없었다.

고수원의 기분이 어떻다는 것을 잘 알고 있는 윤영진
프로듀서가 지나가는 말로 한마디 했다.

"얼핏 듣기에 이번 음반 작업은 최 이사님께서 우겨서
우리나라에서 녹음 작업을 하겠다고 하셨다면서요? 그럼
혹시 이사님께서 우리나라의 위상을 높이려고 그런 게 아
닐까요? 그래서 말인데 한 번 이사님께서 말씀이나 드려
보십시오. 혹시 압니까? 이사님께서 오케이하실지?"

"그래? 음, 그것이 좋겠군. 오늘은 너무 늦었으니 내
일하는 게 좋겠지?"

"회장님, 이사님께서 댁으로 가신 지 얼마 되지 않았
으니까 지금 말씀드려 보세요. 밤이 길면 꿈이 많아진다
고 이런 일일수록 서두르는 게 좋지 않을까요?"

"그럴까?"

고수원은 윤영진 프로듀서의 말이 어느 정도 타당하다

는 생각이 들었는지 강권에게 전화를 했다.

"최 이사, 이번 녹음한 것 말일세. 우리나라 세션맨들에게 보내 보는 건 어떻겠는가?"

"왜요? 굳이 그럴 필요가 있겠습니까?"

"다른 게 아니고 말일세. 음, 데모 테이프를 듣고 있자니까 어지간한 세션맨들로는 최 이사의 보컬을 받쳐 주지 못할 것 같아서 말이지. 그래서 그런데 우리나라 최고의 세션맨들에게 데모 테이프를 보내서 미리 준비시키는 게 낫지 않을까 해서 말이네."

고수원은 한 장의 명반이 나오기 위해서는 세션맨들의 역할이 얼마나 중요한지 미주알고주알 덧붙여 말했다.

고수원의 말을 듣기만 했지 가타부타 말이 없던 강권이 말이 길어질 것 같아서 그러는지 심드렁하게 말했다.

"그래요? 나는 내가 기타도 치고 피아노도 치고 그러려고 했는데 굳이 그럴 필요가 있겠습니까?"

"에엥? 최 이사 자네가 직접 기타도 치고, 피아노도 치겠다고? 그럼 왜 아까 그러지 않았나?"

"아까는 그냥 연습 삼아서 해 본 거구요."

"최 이사, 그럼 악기를 갖고 내일 아침 일찍 회사로 나와 줄 수 있나? 아니, 악기는 굳이 가져올 필요가 없으니 몸만 와도 되네."

"하하, 알겠습니다. 내일 아침 10시까지 가도록 하지요."

강권은 음반 녹음 작업은 처음이어서 세계적인 프로듀서인 피터 라펠슨과 작업을 하기 전에 그냥 어떤 것인지 알 필요가 있을 것 같다는 생각에서 직접 녹음을 해 보았다.

그런데 녹음 작업을 하다가 뭔가 미진함을 느꼈다.

그 이유를 곰곰이 생각하던 '달'이 어떤 곳에는 어떤 악기가 어울린다는 식으로 써 놓았던 게 생각나 그렇게 해 보기로 했다.

그리고 가장 간단한 악기인 기타와 책을 사서 연습을 해 보려고 마음먹고 기타와 책을 사던 중이었다.

강권이 기타 연습을 위해서 **Gary Moore의 곡들과 요절한 천재 ***Jimi Hendrix의 곡들을 MP3에 담기까지 했다.

악기상의 말에 따르면 우리나라 기타리스트들이 기타를 배우기 위해 바이블처럼 여겼다니 이는 믿거나 말거나이겠지만.

불과 몇 시간 만에 하나의 악기를 어떻게 익숙하게 다룰 수 있겠는가 하는 따위는 강권에게는 어려운 것도 아니었다.

무술이 정확히 보는데서 출발한다면 음악은 정확히 듣는데서 출발하는데 봉황음의 경지에 오른 강권은 누구보다 정확히 들을 수 있었다.

게다가 모든 것을 한 번만 보면 기억하는 기억력이 있고 무극십팔기를 대성해 어떤 동작도 가능해서 신경만 좀 쓴다면 충분히 가능한 일이었던 것이다.

강권은 옥상에 '미리내'를 꺼내 놓고 그 안에서 기타를 연습했다.

우선 기본 주법을 익히고, Gary Moore의 곡들과 Jimi Hendrix의 곡들을 들은 후에 그대로 연주했다.

그러고는 그들과 자신의 연주가 어떤 차이점이 있는지를 파악했다.

끝으로 그 갭들을 메워 나가는 것으로 기타 실력을 완성해 나갔다.

이 과정에서 '해'와 '달'의 모니터링이 지대한 역할을 했다.

'해'와 '달'의 도움으로 만든 타임 마법진이 그려진 방에서 익혀 대략 세 배 정도의 시간을 활용할 수 있었고, '해'와 '달'이 옵서버 역할을 해 줘서 차이점을 파악할 수 있었다.

결론적으로 강권은 불과 여덟 시간, 그러니까 대략 하

루 만에 기타의 달인이 될 수 있었다.

[피터, 오랜만이네.]

[에이 회장님도, 오랜만은 무슨 오랜만입니까? 얼마 전에 모아와 앨범 작업하면서 LA에 있는 내 스튜디오에서 만났잖습니까?]

[하하, 그런가?]

고수원과 격의 없이 농담을 주고받던 라펠슨은 강권을 가리키며 물었다.

[회장님, 이 친구가 나와 함께 작업할 그 유명한 미스터 최라는 가수인 모양이죠?]

[맞네. 인사드리게. Singer Songwriter일 뿐만 아니라 우리 KM엔터테인먼트의 실질적인 오너이시기도 하시네.]

미국 내 대표적 지한파 뮤지션답게 우리나라 정서에도 상당히 익숙한 편인 라펠슨은 고수원의 어투에서 뭔가 이상한 점을 감지할 수 있었다.

'한국에서는 직책도 어느 정도 따지지만 나이를 더 따지는 편인데 이 사람이 왜 이러지? 한국 사람인 고 회장

이야 그렇다 쳐. 그런데 미국인인 피터슨 알레한도는 왜 이 사람에게 깜빡 죽는 시늉을 하는 건데?'

상황이 이러니 라펠슨이 이상한 점을 감지하지 못하면 오히려 그게 더 이상하지 않을 수 없었다.

결국 라펠슨은 강권에게 Sir.라는 존칭을 써야 했다.

[Sir. 저는 작곡가이자 프로듀서인 피터 J 라펠슨이라고 합니다. 잘 부탁드리겠습니다.]

[피터 J 라펠슨 씨, 말씀 편하게 하십시오. 저는 피터의 지도를 받기로 되어 있는 최강권이라고 합니다.]

[하하, 그럴까요? 미스터 최, 그럼 나를 피터라고 부르십시오. 풀 네임을 부르면 어쩐지 거리감이 느껴지니까요.]

[예. 알겠습니다. 피터.]

[미스터 최, 언제부터 작업을 시작하기로 할까요?]

[저야 아무 때나 상관이 없지만 피터는 시차 적응을 위해서 좀 쉬셔야 하지 않겠습니까?]

[하하하, 나야 워낙에 세계 이곳저곳을 돌아다니다 보니까 시차 적응은 비행기 안에서 그냥저냥 해치웁니다. 이 바쁜 세상에서 언제 시차 적응하고 자시고 하다 보면 일은 언제 합니까?]

피터 라펠슨은 아티스트라기보다는 오히려 비즈니스맨

이라는 게 더 어울릴 것 같은 느낌이었다.

인상이 마치 좋은 옆집 아저씨 같다고나 할까.

강권은 피터 라펠슨이 지한파에 친한파 뮤지션이란 말을 들은 것도 있고 해서 나름 호감이 생겼다.

[피터, 그럼 최대한 빨리 시작해서 최대한 빨리 끝내는 게 어떻겠습니까?]

[미스터 최, 한국인 아니랄까봐 빨리, 빨리입니까? 날림으로 하자는 게 아니라면 지금 당장 작업을 시작합시다.]

강권과 피터는 서로 코드가 맞는다는 것을 느꼈는지 의기투합을 해서 작업을 시작했다.

강권이 맨 처음으로 녹음을 시작한 곡은 제니 험프리에서 선을 보인 바 있는 'Life Is Beautiful Thing.'이었다.

직접 통기타로 연주하면서 불렀는데 맑고 깨끗한 목소리에 기타 선율이 마치 나뭇잎 위에 이슬이 통통 튕기는 것 같은 절묘한 화음을 이루었다. 적어도 고수원과 피터슨은 그렇게 느꼈다.

그런데 피터는 고개를 갸웃거리고 있었다.

[미스터 최, 다시 한 번 들어갈까요?]

다른 사람들이 듣기에는 엄청 좋은 것 같은데 피터는

계속해서 다시 한 번을 외친 것이 벌써 두 시간째였다.

피터슨이 보기가 답답했는지 참견을 하고 나섰다.

[이봐! 피터, 그냥 넘어가도 될 것 같지 않아? 그 정도만 해도 엄청 좋은 것 같은데 말이야.]

[보스, 이 정도면 1~2백만 장 정도는 문제가 없습니다. 하지만 조금만 더 터지면 불후의 명반이 나올 것 같아서 말입니다. 보컬도 최고고, 기타 연주도 나름 최고인데 뭔가 문제가 있는 것처럼 여겨집니다. 휴우, 그런데 이상하게 잡아내지 못하겠으니 이거 정말 환장하겠습니다.]

[식사 시간이 다 됐는데 잠시 쉬었다 가기로 합시다.]

고수원의 말에 식사를 하면서 잠시 쉬기로 했다.

그때 우리나라 3대 기타리스트 중의 한 명인 정다원이 고수원 회장에게 꾸뻑 인사를 했다.

"자네 언제 왔나?"

"방금 전에 왔습니다. 저 젊은 친구 대단한데요?"

정다원이 가리키는 사람이 최강권임을 느낀 고수원은 순간 강권의 눈치를 살폈다. 그러고는 강권의 표정이 아무렇지도 않아 살며시 한숨을 쉬며 작은 목소리로 주의를 주었다.

"이 친구야, 우리 최 이사님에게 함부로 말하지 말게."

"하하, 선배님, 저 친구가 '밤의 황제'인 최강권이라도 됩니까?"

순간 고수원의 안색이 창백해지는 것을 본 정다원이 얼버무렸다.

"하하, 최강권 씨가 맞는 모양이군요. 그럼 조심해야죠."

"그런데 자네는 어쩐 일로 우리 회사에 왔는가?"

"영진이가 하도 뻥을 치기에 도대체 어떻기에 그렇게 말하는가 한 번 보러 왔습니다. 그런데 나이에… 정말 잘하는데요?"

"자네 말본새가 뭔가 흠이 있다는 눈친데? 그렇지 않은가?"

정다원의 평소 언행은 자기가 느낀 것을 직설적으로 말하는 것으로 유명해서 혹시 핀트가 어긋난 것을 집어낼까 싶어 물었다.

"하하, 제가 뭘 알겠습니까? 보컬도 저 정도면 신의 목소리가 아닌가 싶고, 기타 연주도 나이에 비해 수준급입니다. 다만……."

"다만 뭔가?"

"제가 여덟 살부터 기타를 쳤으니 기타를 친 지도 벌써 30년이 훌쩍 넘고 40년에 가까워지고 있습니다. 그러다 보니 기타 선율의 흐름이 느껴진다고나 할까? 아무튼 보컬에 눌려 기타 소리가 답답하게 느껴지는 것 같군요."

"보컬에 기타 소리가 눌렸다고?"

"예. 쇠와 쇠가 부딪히면 필경은 약한 쇠가 부러지게 마련입니다. 저 친구, 아! 저 젊은 이사님의 기타 실력도 낮은 편은 아닌데 보컬이 워낙 발군이다 보니까 서로 자웅을 겨루다 보컬에 밀리는 것 같습니다. 지는 걸 인정하고 따라가면 아무런 문제도 없을 것 같은데 기타가 지기 싫어서 질질 끌고 있으니 이도저도 아닌 게 되어 버린다는 거죠. 노래라는 것도 나름 서열이 있는데 서로 토닥거리고만 있으니 서로 엇나간다고 봐야 하나? 아무튼 제가 보기엔 아무래도 저 젊은… 이사님의 기타 구력이 낮아서 보컬과 조화를 이루지 못하는 것 같습니다."

강권은 정다원의 말에서 무언가 느껴지는 게 있었다.

'유능제강(柔能制剛).'

부드러움은 능히 강함을 이겨 낸다는 무도의 영원한 진리였다.

'아하! 세상의 모든 이치가 만류귀종이거늘. 나는 너무 자만하고 있었구나.'

정다원이 느낄 정도라면 자기도 느낄 수 있는 것이었

는데 그걸 깨닫지 못하고 더 잘하려고만 기를 썼으니 제대로 되면 오히려 그게 더 이상할 노릇이었다.

아니, 문제를 느끼고는 있었는데 기타 실력이 조금씩 나아지는 것 같아 계속해서 무리를 하고 있었는지 모른다.

하지만 기타 실력이 봉황음의 경지를 따라잡으려면 적어도 몇 년은 내공을 쌓아야 할 것이다. 그런데도 고집을 부렸으니 딱 그만큼 엇나가고 있었던 것이다.

'조화(調和), 관건은 조화라고?'

강권이 뭔가 골똘히 생각하고 있는 것을 본 정다원이 고수원에게 소곤거린다.

"선배님, 저 친구 물건입니다. 가르칠 만하겠는데요?"

"아니, 이 친구가?"

"하하, 선배님, 그래서 소곤거리고 있지 않습니까?"

"여하간 자네는 못 말릴 친구로군."

정다원의 지적은 피터에게 전달되었고, 피터 역시 무릎을 치면서 감탄했다.

[아! 생각해 보니 이 친구의 지적이 정확한 것 같습니다. 사실 미스터 최의 기타 실력도 엄청 대단해서 미국에서도 톱클래스에 들 정도라고 보면 되기에 미처 생각지 못했습니다. 그런데 이분은 누구입니까?]

[우리나라에서 세 손가락 안에 드는 기타리스트고, 록 그룹의 리더일세. 이 친구 비리비리하게 보여도 강단도 있는 친구지.]

[그럼 이분에게 세션을 부탁해 보면 어떻겠습니까?]

[그래 볼까?]

그런데 뜻밖에도 정다원은 세션을 거절했다.

'EMI 퍼퓰러'란 세계적인 음반 회사가 야심차게 기획하고 있는 음반 작업에 끼는 것만으로도 영광일 텐데 한마디로 거절하는 정다원도 대단한 인물이었다.

고수원은 정다원이 거절한 이유가 궁금해서 물었다.

"아니, 자네 이름을 날릴 기회인데 왜 거절하나?"

"하하, 헛이름을 날려서 뭘 하겠습니까? 나중에 작품을 망쳤다고 좋지 않은 소리를 들을 텐데요."

"어허, 이 사람이 무슨 소리를 하는가? 지금 자꾸 퇴짜 맞고 있는 상황인데 누가 그런 소리를 한단 말인가?"

"하하, 사실 제가 음반 작업에 끼면 조금 낫기는 하겠지만 몇 천만 장 팔릴 정도로 불후의 명반은 되지 못합니다. 그럴 바에는 차라리 저 젊은 이사에게 기타를 가르쳐서 그가 북 치고 장구치고 하는 게 나을 것 같습니다. 저 젊은 이사의 기타 실력도 수준급이니까 제가 좀만 어드바이스하면 차라리 제가 세션으로 끼는 것보다 훨씬 나을 것 같습니다."

"그게 가능할까?"

"하하하, 선배님, 저도 기타로 30년이 넘는 내공을 가졌습니다. 그 정도 볼 정도는 됩니다."

결국 그렇게 시작된 레슨은 초보자에게 기타를 가르치는 것같이 그저 기초만을 가르치는 그런 것이었다. 그런데 그 사소한 가르침만으로 보컬과 세션이 멋들어지게 어우러지는 불후의 명반을 낳게 되었다.

[자기야! Dr. Seer란 가수가 부른 'Some Holidays Morning.' 이라는 노래 말이야. 정말로 굉장한 거 같지 않아?]

[알리샤, 그야 두말하면 잔소리지? 나는 머리가 아플 때마다 그 노래를 들으면 두통이 싹 가라앉더라.]

[자기도 그랬어? 자기도 알다시피 내 생리통이 엄청 심하잖아? 그런데 'Some Holidays Morning.' 이라는 노래를 들었더니 그 심하던 생리통이 싹 가라앉더라니까? 그 다음부터는 완전 팬이 됐어.]

[알리샤, 그것뿐인 줄 알아? 꼴통들이 모인 킹스리치

하이 스쿨에서는 'Life Is Beautiful Thing.' 이라는 노래를 계속 틀었더니 매일 죽어라고 싸우던 아이들이 한 달에 한 번이나 싸울까 말까 한데 글쎄.]

몬타나주 화이트 피시 마을에서 고등학교를 졸업하고 배우가 되기 위해 무작정 허리우드에 온 핏제랄드와 알리샤에게는 LA가 지옥이나 다름이 없었다.

그러다 우연히 Dr. Seer의 노래를 듣고 열렬한 팬이 되었다.

Dr. Seer의 'Some Holidays Morning.' 을 들으면 마치 고향에 온 듯 위안을 주었기 때문이다.

게다가 'Life Is Beautiful Thing.' 이라는 노래를 들으면 새로운 희망이 솟아오르곤 했다.

[자기, 그 가수의 이름이 Dr. Seer, 선지자(先知者)란 이름이어서일까?]

[그야 모르지? 하지만 Dr. Seer의 노래를 들으면 세상이 온통 희망으로 가득한 것처럼 느껴져. 알리샤, 'Wind Song.' 을 들으면 너와 내가 처음으로 키스했던 플랫헤드 호수가 생각나지 않아?]

[어! 자기도 그걸 느꼈어? 나도 'Wind Song.' 을 들으면 자기하고 처음 만났던 빅 마운틴 리조트 스키장이 생각이 나더라. 그때 자기가 얼마나 멋있었는지 알아?

난 한눈에 완전 반했다고.]

[허어! 알리샤, 지금은 내가 멋있지 않나 보네?]

[물론 지금도 멋있지만 솔직히 말해서 그때만큼은 아니야. 자기도 알다시피 우리가 세파에 너무 찌들었잖아.]

Dr. Seer의 노래를 알기 전인, 불과 한 달 전이었다면 둘은 이쯤해서 토닥거리며 싸웠을 것이다.

그런데 이제는 그러지 않았다. Dr. Seer의 노래를 들으면 모든 짜증과 반목이 사라지는 것 같았기 때문이다.

이 같은 현상은 핏제랄드와 알리샤만 느끼고 있는 것은 아니었다.

Dr. Seer의 노래를 듣는 사람들 전부다는 아니지만 열에 너덧 사람은 이러한 현상을 경험하고 있었다.

그리고 Dr. Seer의 노래에는 묘한 중독성이 있어서 일단 듣기만 하면 대부분 다시 듣고 싶어 했지만 그 이유는 아무도 몰랐다.

이런 궁금증에 사람들은 '제니 험프리 쇼'의 문을 두드렸다.

미국인들의 답답한 마음을 속 시원하게 뚫어 주는 프로그램이 바로 '제니 험프리 쇼'였기 때문이다.

[미스터 최, 제니 험프리가 음반 발매하고 한 주 만에

빌보드 차트의 정상에 오른 미스터 최를 자기의 쇼에 초청하고 싶다고 하는데 언제 빠른 시일 내에 시간 좀 내주셔야겠습니다. '제니 험프리 쇼'에 나가면 앨범도 그만큼 많이 나갈 테니 제 사정 좀 봐주십시오.]

'EMI 퍼퓰러'의 CEO인 피터슨에게 전화를 받은 강권은 대충 무엇 때문인지 감을 잡았다.

핑계는 그럴 듯했다. 앨범에 10곡이 담겨 있는데 그 10곡 모두가 빌보드 차트 톱 텐을 차지한 예는 전무후무했다. 게다가 당분간은 떨어질 것 같지도 않았다.

'Some Holidays Morning.'이 벌써 4주 동안 1위를 차지하고 있었는데 그것은 들으면 통증이 완화되거나 없어지기 때문인 것 같았다.

그렇지만 강권도 들은 게 있었기 때문에 노래들에 얽힌 비밀을 듣고 싶어서 그런다는 것쯤은 꿰고 있었다.

자기 노래가 지금은 긍정적인 효과가 강하지만 이를 부정적인 시각으로 보는 자들이 슬슬 고개를 내밀 때가 되었다는 점도 있을 것이다.

[하하, 그래요? 그럼 날을 잡아야지요. 언제가 좋을까요?]

[이번 주에 생방송으로 하는 게 어떻겠습니까? '제니 험프리 쇼'가 만들어진 지 딱 25년째 되는 특별 생방송

인데 미스터 최가 쇼에 오신다면 제니가 게스트를 미스터 최만 부르겠답니다. 아직까지 그런 예가 한 번도 없었거든요.]

[요번 주에요? 이거 영광인데요. 제 스케줄만 겹치지 않는다면 출연해야죠. 그럼 생방 날짜와 시간은 어떻게 됩니까?]

[여기 시간으로 수요일 오후니까 한국 시간으로는 목요일 오전이 되겠군요.]

방송 섭외는 우리나라에서도 보통 1~2주일 여유를 두고 하는 게 정상이었다. 그런데 방송의 선진국이라는 미국에서 불과 3일 정도의 여유만 둔다는 것은 거의 있을 수 없는 일이었다.

사실은 DTV에서 본래 '제니 험프리 쇼'는 예정대로 방송을 하고 특별 생방송을 꾸미겠다는 의도였다.

강권은 그런 사실을 알았지만 모르는 척 한 번 튕겨 주었다.

물론 강권의 것은 아니었지만 예리나의 음반을 홍보하기 위해서 수요일에 예리나의 심야 토크쇼의 촬영이 예정되어 있었다.

강권은 거기에 특별 게스트로 출연하기로 되어 있었다. 목소리만.

그리고 목요일에는 예리나의 일본 팬들을 위해 사인회가 있었는데 강권이 우정 출연을 하기로 되어 있었다.

일본 사인회 역시 강권은 가지 않아도 되었지만 갈 생각이었다.

[수요일과 목요일에 제가 일정이 잡혀 있는데 어떻게 하죠? 그러니 다음 기회에 할 수밖에 없겠군요.]

아쉽다는 듯 전화를 끝냈던 피터슨에게 다시 전화가 온 것은 10여 분 정도 지난 뒤였다.

그렇게 억지춘향으로 출연하게 된 '제니 험프리 쇼'의 출연료는 무려 3,000만 달러였다.

'제니 험프리 쇼'의 특별 방송에 잡힌 광고료의 30%를 출연료로 받겠다는 조건을 단 결과였다.

두 시간 생방에 출연한 출연료로서는 파격적이었다.

그렇지만 Dr. Seer의 노래가 이렇게 위안과 희망만 주는 것은 아니었다.

강권의 예상대로 미국을 이끌어 가고 있는 사람들은 처음에는 Dr. Seer의 노래를 긍정적으로 바라보았지만 점차 부정적인 측면을 보기 시작했다.

만약 노래로 사람들의 마음을 좌지우지한다면 지금은 약으로 작용하지만 언젠가는 독이 될 수도 있다는 생각 때문이었다.

버라마 미국 대통령은 !미국 국가안전보장회의(National Security Council)를 소집하였다. 10월 3일 0시에 '노 퍽 쇼크'로 국가안전보장회의(National Security Council)를 소집하고 불과 두 달만의 일이었다.

*Jeff Beck:Jeff Beck은 Eric Clapton과 Jimmy Page와 더불어 세계 3대 기타리스트의 한 명이다. 이 셋 모두 블루스 록 밴드인 Yardbirds에 몸을 담았다는 특징을 갖고 있다.

물론 그 시기는 전부 달랐는데 초창기에는 Eric Clapton이, 그 뒤를 이어 Jeff Beck, 후반기에 Jimmy Page가 Yardbirds의 기타를 담당했다.

그런데 이 세 사람에게는 자기들만의 색깔이 있다.

Eric Clapton이 Singer Songwriter로서의 이미지가 강했다고 한다면 Jimmy Page는 가장 보편적이고 전형적인 기타리스트라 할 수 있었다. 이에 비해 Jeff Beck은 노래를 하는 것보다는 연주를 즐기는 가장 순수한 기타리스트라고 할 수 있었다.

참고로 우리나라 3대 기타리스트는 부활의 김태원, 백두산의 김도균, 시나위의 신대철을 꼽는다.

**Gary Moore:가수이자 기타리스트로 1952년 4월 4일 영국 태어났다.(2011년 2월 6일 사망)

풀 네임은 Robert William Gary Moore다.

Gary Moore가 우리에게 특별한 이유는 1983년 9월 1일 대한항공 소속 007기가 구소련군에 의해 격추되어 민간인 269명이 죽는 엄청난 사건을 'Murder in the Skies'란 곡(1984년 앨범 Victims of the Future에 수록)으로 항의했다는 점이다.

노랫말 속에서 동해를 일본해(Sea of Japan)로 표기한 것이 좀 아쉬운 점이다.

***Jimi Hendrix(지미 핸드릭스):기타리스트이자 가수로 1942년 11월 27일 미국에서 태어났다.(1970년 9월 18일 사망.)

27살이란 젊은 나이에 요절한 천재 뮤지션으로 원래 이름은 Johnny Allen Hendrix다.

현대 대중음악에 쓰이는 뮤직 컴퓨터나 여러 가지 음향 기계들이 지미 헨드릭스의 영향으로 인해 생겨났다고 할 정도로 그야말로 록이란 장르뿐만 아니라 대중음악 전체의 막대한 영향을 끼쳤다. 에릭 클랩튼, 제프 백, 피터 그린, 마이크 블룸필드 등 동시대를 풍미했던 대부분의 기타리스트들이 모두 그의 영향을 받았다고 할 수 있을 만큼 혁신적인 기타리스트이며 아티스트다.

음악 평론가들은 일렉트릭 기타의 르네상스 시대를 새롭게 개척한, 그리고 새로운 기타 테크닉을 수십 개나 선보인 전형적인 프로그레시브적인 아티스트라 말한다. 그리고 그가 요절하지 않았더라면 세계의 대중음악계는 완전히 달라졌을지도 모른다고 입을 모은다.

!미국 국가안전보장회의(National Security Council)

미국 국가안전보장회의는 1947년 트루먼 대통령 시절에 NSC

설치법(National Security Act)에 따라 설립되었다. 그 후 1949년 NSC 설치법을 개정하여 대통령 집무실 소속(미국 대통령 직속 자문 기구)으로 변경되었다. 주로 국가 안보와 관련하여 국내, 외교, 군사 정책의 통합과 조정을 하고 해당 기관의 활동에 관해 대통령에게 조언을 하는 최고 국방회의다. 대통령이 의장이며 부통령, 국무장관과 국방장관은 필수 구성원에 속한다. 대통령은 필요에 따라 합동참모본부 의장, CIA 국장, 기타, 다른 부처의 장관과 차관을 상원의 승인을 받아 구성원으로 임명할 수 있다.

그렇지만 제복 입은 군인은 조언과 권고를 목적으로 부를 수는 있지만 구성원으로 될 수는 없다.

제8장
스포츠 강국을 만들자

[도로시, 'M—X 태클 프로젝트'는 어떻게 되어 가고 있는가?]

[예. 캡틴 클로포드, 오하이오급 잠수함인 미시간호 (SSGN 727)까지 동원해서 볼티모어가 있었던 노퍽 인근의 해저를 샅샅이 훑고 있습니다만 큰 성과는 없습니다. 남아 있는 게 거의 없기 때문입니다. 다만 자문 위원이신 이론물리학자 게이지 박사께서 하나의 가설을 제시한 게 전부입니다.]

[뭐야, 최첨단 장비들과 최고의 두뇌들 그리고 천문학적인 돈을 썼는데 겨우 가설 하나를 내놔? 그게 지금 말이 된다고 생각하느냐고? 어떠한 수단과 방법을 동원해

서라도 ‘M—X’의 비밀을 샅샅이 파헤치라고 해. 우리 미합중국의 미래가 걸린 일이니까.]

[예. 캡틴 클로포드.]

세계의 경찰국가로 세상을 이끌어 가는 위대한 국가 미합중국이 안방에서 된통 당한 것에 자존심이 상한 나머지 국가의 총력을 기울여 파동포의 비밀을 파헤치고 있었다.

일명 ‘M—X 태클 프로젝트’가 그것이었다.

강권이 중순양함 볼티모어를 가루로 만든 파동포를 가리켜 신기루 같은 미지의 무기로 명명하고 이것에 대한 대처 방법을 찾으려는 것이다.

‘M—X’에서 ‘M’은 신기루인 Mirage의 첫 글자 M에서 따온 것이고 ‘X’는 말 그대로 미지의 무기를 나타내는 미지수 ‘X’를 가리키는 말이다.

미국 시간으로 10월 3일 00시에 소집된 미국 국가안전보장회의(National Security Council)는 직면한 상황을 중대한 위기 상황(The Critical Serious Phase 이하 ‘CSP’라 함.)으로 규정짓고 대처 방안을 논의했다.

거기에서 채택된 것이 바로 ‘M—X 태클 프로젝트’다.

이 ‘M—X 태클 프로젝트’는 몇 가지 특이한 Approach(접

근법)을 채택하고 있었다. 그 Approach를 열거하자면 다음과
같았다.

우선, 철저하게 Off—Line을 지향한다는 점이었다.

강권이 보여 준 위성의 인터셉트 기술에 경각심을 갖
고 해킹과 도청을 우려한 나머지 인터넷과 유무선 전화
통신을 철저하게 배제했다.

대안으로 전달할 사항을 사람이 직접 전달하거나 군
무선통신을 개량해서 사용했다.

어떻게 보면 옛날로 돌아간 느낌이었지만 신기술을 사
용하다 보니 그럭저럭 괜찮은 것 같았다.

두 번째, 전시 상황에 준하는 민간 분야의 동원이었다.

학계와 산업계를 막론하고 최우수 두뇌 집단의 협력을
강제했다.

9 · 11 테러 이후에 만들어진 애국법(USA PATRIOT
Act) 조항과 각종 편법을 동원한 결과였다.

물론 직접 물리력을 행사하거나 하지는 않았다. 'M—X'
를 연구한다고 하자 거의 모든 석학들이 차발적으로 참여를
했기 때문이다.

그동안 세계의 모든 자본과 기술이 집합되었다고 해도
과언이 아니니 동원된 두뇌 집단은 세계 최고 수준이었
다.

세 번째, 미국의 모든 정보기관의 집결이었다.

미국 내 모든 정보기관의 요원들은 'M—X'에 관한 정보 수집을 직접적인 국가 안보의 위해 상황에 관한 첩보가 아닌 한 최우선적으로 처리해야 했다.

미국을 움직이는 사람들이 모두 모여서 미국의 위기를 부르짖으니 반대라도 할라치면 도태될 분위기가 되어 있었다.

네 번째, 철저한 비밀 유지였다.

'M—X'에 관한 모든 정보는 탑 시크리트로 분류되어 비밀 누설시 엄청난 제재를 각오해야 했다.

이렇게 세계 최고의 강대국인 미국의 역량과 두뇌들이 결집되었음에도 불구하고 'M—X'에 관한 정보 수집은 지지부진이었다.

아니, 기존 상식과는 너무 다른 형태의 무기여서 아직은 'M—X'의 가닥조차 잡지 못하고 있었다.

'M—X 태클 프로젝트' 때문에 골머리를 썩고 있는 클로포드 미국 교육부 제1차관은 다시 눈살을 찌푸리는 일이 벌어졌다.

국토안전보장 장관실에서 느닷없이 국가안전보장회의를 통보해 온 것이 그것이었다.

[우리 미국의 국가안전보장회의는 왜 꼭 자정에 열리는 건데?]

'M—X 태클 프로젝트'의 실무 책임자인 클로포드는 지난 두 달 동안 엄청난 지원을 받으면서도 아무런 성과가 없는 것이 마음에 걸렸다.

'제길, 마가렛의 히스테리를 또 고스란히 당해야 할 것 같군.'

클로포드는 마가렛의 육중한 거구에서 거침없이 뿜어져 나오는 독설을 들을 생각을 하니 끔찍하기만 했다.

전형적인 히스패닉 혈통을 이어받은 마가렛은 정열적이다 못해 엄청 다혈질이었다. 하긴 그렇게 극성맞은 성격을 갖고 있었기 때문에 여자로는 처음 사성(四星)장군, 그것도 가장 군기가 세다는 해병대 통합전략본부의 수장이 되었는지 모른다.

클로포드는 비록 국가안전보장회의가 몇 시간 남지 않았지만 그동안만이라도 뭔가 그럴듯한 변명거리를 찾아야겠다는 생각에 놓친 것이라도 있는지 보고서를 꼼꼼히 훑었다.

[허어, 이것 봐라? 'M—X'가 철에만 반응을 보이는 것일 수 있다고? 중순양함인 볼티모어호가 사라졌는데 철 성분만 없어진 게 그 근거라고?]

자기의 비서인 도로시가 말했던 게이지의 가설이 지금 클로포드의 손에 들려 있는 문서였다.

가설이라고 해서 보지도 않고 덮어 놓았던 걸 꼼꼼히 훑어보자 나름 일리가 있는 것 같았다.

특히 볼티모어호의 동파이프에서 발견이 된 죽은 생쥐들의 사체 분석에서 철 성분이 전무하다는 것에서 하나의 가설을 내놓은 것이다.

이론물리학자인 게이지가 원용하고 있는 것은 프랑스의 물리학자인 드 브로이가 주장했던 파동이론이었다. 드 브로이는 전자가 핵 주위를 돌 때 그것이 따라가야 하는 길을 잡아 주는 파동이라고 하면서 모든 물질은 고유한 파동을 갖고 있다고 했다.

그런데 이것은 슈뢰딩거 등에게서 부정을 받으면서 그 후 그저 그런 이론이 되었었다.

그런데 게이지가 다시 이것을 들고 나온 것이다.

사실 국가안전보장회의에서 'M—X'로 명명된 강권의 파동포는 게이지의 가설처럼 드 브로이의 이론에서 출발한 무기였다.

과학계에서 사라지다시피 했던 드 브로이의 파동 이론은 23C에 들어서 새로운 국면을 맞게 되었다.

우주의 모든 물체는 고유한 파동을 갖고 있으며 이 파

동의 궤적이 무너지면 물체가 소멸한다는 주장이 다시 대두하게 된 것이 바로 그것이었다.

심지어는 파동의 궤적이 무너지는 과정이 생노병사의 과정이라는 주장까지 서슴지 않았다.

많은 과학자들이 부정을 했지만 대한민국의 과학자인 윤미르가 파동포를 설계해 냈다.

물론 이 파동포에는 물체를 소멸시키려면 먼저 그 물질의 고유한 파동을 알아야 한다는 제약이 있었다.

강권의 파동포가 철 성분만 분해하는 것도 철이 인간에게 가장 친숙한 금속이었기 때문이라는 게 그 이유일 수 있었다.

[흐음, 볼티모어호가 증발한 노퍽 해역에서 철보다 약한 유리나 나무 등은 발견되었지만 철로 만들어진 선체는 흔적도 없이 사라진 것이 그 증거가 될 수 있겠군. 좋았어. 이 정도면 마녀 마가렛의 저주로부터 자유로울 수 있겠군.]

클로포드는 가설의 주창자인 게이지 박사에게 국가안전보장회의에 참석할 수 있느냐는 콘택을 직접 하고 차를 보냈다.

백악관 지하 벙커에 있는 전시 작전 상황실.

버라마 대통령의 특별 회의 소집으로 국가안전보장회의 위원들이 모두 모인 가운데 국가안전보장회의가 열리고 있었다.

국가안전보장회의를 백악관의 지하 벙커로 한 이유는 혹시 모를 해킹이나 감청 때문이었다.

[오늘 대통령께서 특별 국가안전보장회의를 소집한 것은 우리 미합중국에 '노픽 쇼크'라는 치욕을 안겨 준 미스터 최의 노래 때문입니다. 단순한 노래 때문에 특별 국가안전보장회의를 소집할 필요까지 있겠느냐고 할지 모르겠습니다. 하지만 그의 노래들이 사람의 감정을 통제하고 있다는 강한 의혹이 제기되어 그 진위 여부와 대책을 마련해야 할 필요가 있다는 판단에서 비상 회의를 소집하지 않을 수 없었습니다.]

버라마 대통령은 회의의 필요성과 안건에 대해서 간략하게 말한 다음에 두뇌 연구의 권위자인 제프리 바이든 박사를 소개했다.

[제프리 바이든 박사께서 그의 노래가 얼마나 위험한지에 대해 여러분들께 자세하게 말씀드릴 것입니다.]

[대통령께 소개받은 제프리 바이든입니다. 제가 하는 일은 주로 음향이 두뇌에 어떤 영향을 끼치는가에 연구하는 것입니다. 소리는 예로부터 인간의 생활에 밀접한 관

계가 있다고 알려져 왔습니다. 소리를 듣는 기관인 귀가 인간의 두뇌와 가장 가까운 까닭에 인간의 두뇌에 크나큰 영향을 미치기 때문입니다. 실제 고대 중국에서는 소리로 인간들의 행동을 통제할 수 있다고 믿고 있었습니다. 섭혼음(攝魂音)이 바로 그것입니다.

......중략......

여러분들 앞에 놓인 자료들은 제가 지난 한 달 동안 Dr. Seer란 가수가 부른 10곡의 노래들을 가지고 동물 실험을 통해서 얻어낸 자료들입니다. 놀랍게도 Dr. Seer의 몇몇 노래들은 동물들의 체내에 에피네프린(epinephrine)의 대사를 증진시키는 효과가 있었습니다. 에피네프린은 여러분들이 아드레날린으로 알고 있는 물질입니다. 에피네프린은 인간이 외부로부터 받는 스트레스에 대처하기 위해 만들어 내는 물질입니다. 그렇기 때문에 진통의 효과와 근력 향상의 효과가 있는 것으로 알려져 있습니다. 그런데 놀라운 것은 Dr. Seer의 노래를 듣고 만들어지는 에피네프린에는 이 효과 외에도 진정의 효과 또한 있는 것으로 밝혀졌습니다. 여러분 앞에 놓인 자료들을 보면 아시겠지만 극단적인 상황을 연출시키고 발광 상태의 동물들에게 Dr. Seer의 노래를 들려준 결과 동물들이 극히 안정적인 상태가 되었다는 것입니다. 이런 동물들의 실험 결과를 인간들에게도 나올 것인가에 대해서 의문을 품고 실제 실험을 했는데 이와 유사한 결과를 얻어냈습니다. 그렇다고 비윤리적인 실험을 했다는 것은 아닙니다. 온갖 질환을 앓고 있는 환자들에게 Dr. Seer의 노래를 들려준 결과는 놀랍게도 통증 완화는 물론이고 자가 치료의 현상까지 보이고 있었습니다. 실로 파격적인 노래들이 아닐 수 없습니다.]

제프리 바이든 박사의 장시간의 설명에 철혈녀 마가렛이 짜증을 토해 내었다.

[제프리 박사, 그 결과만을 놓고 본다면 Dr. Seer의 노래들은 전혀 나쁜 것이 아니지 않습니까?]

[마가렛 장관님의 지적해 주신 대로 Dr. Seer의 지금 노래들은 전혀 나쁜 영향을 끼치지 않습니다. 하지만 Dr. Seer의 노래들의 음파를 분석해 보면 교묘하게 인간의 내분비계에 영향을 미치고 있습니다. 아까도 말씀드렸지만 인간은 소리에 굉장히 민감한 존재들입니다. 중국 고서에서 보면 섭혼음이란 것으로 인간의 정신을 조종하는 음공이 있습니다. 만약 Dr. Seer에게 인간의 정신을 조종할 수 있는 섭혼음과 같은 음공이 있고 그 섭혼음으로 미국 국민들을 조종한다면 그 결과는 참으로 비참하지 않겠습니까?]

[그렇다면 박사는 Dr. Seer의 노래를 규제하자는 것

입니까?]

　[물론 그것은 절대 아니고, 있어서도 안 되는 일입니다. 하지만 우리 미합중국도 뒤늦게나마 소리를 전문적으로 연구하는 연구소를 만들어야 한다고 봅니다.]

　제프리 박사의 주장에 에릭슨 국방장관과 아론 퇴역군인장관의 얼굴이 미미하게 떨리고 있었다.

　사실 미국에는 제프리 박사가 말하는 그런 연구소가 이미 존재하고 있었기 때문이다.

　미국과 소련이 첨예하게 대립하던 케네디 정권 때에 만들어졌고 그간 적잖은 성과를 이룬 것 또한 사실이었다.

　하지만 1972년 대통령 R. M. 닉슨이 모스크바와 베이징을 방문함으로써 미·소 간의 데탕트가 실현되면서 예산이 점차 삭감되어졌고 구소련의 붕괴로 사실상 유명무실해진 상태였다.

　자본주의 나라인 미국에서 예산을 배정받지 못하는 기관은 아무리 유용한 기관이라도 존속할 수 없는 게 현실이 아니겠는가.

　미국에 무기로 사용하기 위해 소리를 연구하는 연구소가 있다는 사실을 이곳에 있는 사람들은 대부분 알고 있었다.

결론적으로 버라마 대통령이 이 문제를 안건에 붙인 것은 이 연구소를 다시 활성화시키겠다는 일종의 정치적 쇼인 셈이었다.

결국 버라마는 쇼의 대가를 얻었고, 쇼는 그렇게 끝이 났다.

이렇게 쇼가 끝남으로 인해서 클로포드의 고심은 몇 개월 후에 결실을 맺게 된다.

"오라방, 오황용 선수가 심각한 부상이라는데 오라방이 어떻게 마법으로 치료가 안 될까?"

"예리나야, 마법이란 것은 이 세상에 없는 것이니까 사용하는데 신중해야 돼. 그리고 프로 선수들은 자기 몸을 남에게 함부로 맡기지 않는단다."

"그렇지만 오라방은 우리 엄마의 병도 마법으로 고쳐줬잖아?"

"예리나야, 이모님과 오황용 선수를 어떻게 비교를 하냐?"

"그건 그렇지만……."

강권은 예리나의 볼멘소리에 문득 '환' 종합 매니지먼

트사가 전면으로 나서서 해외에 있는 우리나라 선수들을 관리하는 것이 어떻겠느냐는 생각을 해 보았다. 득보다는 실이 많았다.

일단 '환' 종합 매니지먼트사의 실질적 오너가 강권이라고 알려져 있는데 자국 선수들만 끌어안고 간다는 것은 자칫 모양새가 좋지 못하다. 게다가 기존의 소속사를 배제시킨다는 것은 적대감을 심어 주기에 딱 알맞다.

그렇지만 오황용 선수의 기사들을 훑어본 적이 있었는데 나름 괜찮은 젊은이 같아서 치료를 해 주는 것도 나쁘지는 않겠다는 생각이 들었다.

"알았다. 요것아! 한 번 손을 써 보마."

강권은 자기 말을 들어주지 않는다고 뾰로통해져 있는 예리나의 이마에 딱밤을 안겨 주고는 축구 선수 출신의 씨크릿 제3팀장을 불렀다.

씨크릿 3팀장인 정윤술은 강권의 부름에 불과 10여 분만에 왔다.

"정 팀장, 자네 혹시 오황용 선수에 대해서 알고 있나?"

"예. 어르신, 오황용이를 당장 데려올까요?"

"허, 이 친구 아직도 뒷골목 건달 버릇을 고치지 못했는가?"

"죄송합니다. 어르신. 시정하도록 하겠습니다."

강권은 폴더가 되어 버리는 정 팀장의 모습에 나직하게 한숨을 쉬며 말했다.

"휴우, 이 친구야, 내가 누누이 말했지만 지금 우리는 우리나라의 역사를 바로 세우는 막대한 책임을 지고 있다네. 그러니까 남의 입에 오르내리는 일은 이제 더 이상 하지 말도록 하게. 알겠는가?"

"예. 어르신, 명심하겠습니다."

"내가 오황용이에 대해 알고 싶은 것은 얼마 전 예리나가 그가 크게 다쳤다고 고쳐 줄 수 있냐고 해서네. 오황용이가 원하지 않으면 굳이 데려올 필요는 없네."

"어르신, 오황용이란 아이는 제가 잘 아는 선배의 아들입니다. 이 바닥이란 게 원래 거칠고 험하지만 일단 선후배로 맺어졌으면 형제처럼 진한 우애를 갖게 됩니다. 그 선배도 아들 때문에 손을 씻고 새 출발을 했지만 이 바닥 출신이라는 것을 부끄럽게 여기지 않습니다. 그만큼 처신을 잘했던 선배입니다. 그 선배에게 잘 얘기해서 어르신을 찾아뵙도록 하겠습니다."

"굳이 그럴 것까지는 없네. 내가 자네들과 어울리는 것은 자네들이 천살문도여서이지 뒷골목 출신이어서가 아니라네. 그 사람에게 내 얘기는 일체 하지 말고 단지

용한 의원이 있으니 한 번 보이는 게 어떠냐는 의사 타진
만 하도록 하게. 알겠는가?"

"예. 어르신."

정윤술은 강권의 말이 끝나자 여기저기 전화를 하더니
오황용의 아버지인 오지환과 연결이 되었다.

그런데 오지환을 잘 안다던 그의 말은 정윤술만 잘 아
는 것으로 밝혀졌다.

30대 후반인 정윤술과 50대 초반인 오지환과는 아무
래도 좀 거리감이 있었던 것 같았기 때문이다. 결국 정윤
술의 신분을 안 오지환의 정중한 거절로 없던 일로 되어
버렸다.

강권은 죄송스러워하는 정윤술을 오히려 달래야 했다.

"정 팀장, 세상 살아가는 것은 다 인연이고 자기 분복
대로 살아가는 거라네. 나와 오황용이 전생에 연이 있다
면 만났을 것이니 너무 신경 쓰지 말도록 하게. 또 오황
용이 나에게 왔으면 더욱 빠른 시간에 치료를 했을 것이
고 그만큼 그에게는 득이 되었을 것이 아니겠는가."

"어르신, 죄송합니다. 어르신께 심려를 끼쳐 드렸습니
다."

"하하, 그 일은 이제 그만 잊도록 하게. 그보다 자네가
거느렸던 친구들 중에는 운동선수 출신들이 꽤 있지?"

"예. 어르신."

정윤술은 강권에게 본의 아니게 허언을 했던 게 마음에 걸렸는지 말을 아꼈다.

강권은 그런 그를 바라보며 '달'이 만들어 놓은 '환' 종합 매니지먼트사의 기획안을 보여 주었다.

"앞으로 씨크릿 3팀이 이걸 맡아서 해 보도록 하게. 단, 무극십팔기를 전수시키려는 사람은 꼭 나에게 보여야 하네. 알겠는가?"

"예. 어르신."

강권이 정윤술에게 '환' 종합 매니지먼트사를 맡긴 것은 씨크릿 1팀에서 3팀까지는 경제 범죄를 담당하는 자들이어서 나름 경제의 흐름에 밝은 자가 많았기 때문이다.

그 말은 그만큼 머리가 잘 돌아가는 자들이 많다는 말이었다.

정윤술만 해도 고교 때까지는 잘 나가던 축구 선수였지만 부상으로 선수 생활을 접고 공부를 시작해서 대학에 갔을 정도로 엄청 머리가 좋은 친구였다.

사실 우리나라 고교 대표 선수들 중에는 알파벳 대문자, 소문자도 모르는 친구들도 꽤 있는 형편이니 정윤술이 어떻다는 것은 충분히 설명이 될 것이다.

강권은 이와는 따로 이경복 변호사에게 '환' 종합 매니지먼트사의 기획안을 보이고 고문 변호사가 되어 전담 변호인단을 꾸리도록 했다.

강권이 이경복을 '환' 종합 매니지먼트사의 고문 변호사로 인선을 한 것에는 나름 이유가 있었다.

'환' 종합 매니지먼트사의 주 활동 무대는 외국이 될 것이고 이경복은 경찰청 외사국장까지 지냈던 인물이어서 외국 사정에 나름 밝을 것이기 때문이었다.

이경복은 기획안을 읽어 보고는 반색을 했다.

"하하, 최 이사, 정말이지 이 기획안대로라면 우리나라 스포츠의 위상이 상당히 올라갈 것이네."

"그럼 승낙하는 것으로 알겠습니다."

"승낙하다마단가? 불감청이언정 고소원일세. 그런데 이 친구는 어디서 많이 보던 친구인 것 같은데 누군가?"

"예. 우리 씨크릿 컴퍼니에서 제3팀을 맡고 있는 정윤술이라는 친구입니다. 앞으로 '환' 종합 매니지먼트사의 사장이 될 것이니 인사나 하십시오."

강권은 이경복에게 정윤술을 소개하자 정윤술은 이경복이 누구인지 아는 듯 대뜸 '형님, 잘 부탁드리겠습니다.'로 서두를 꺼내며 꾸벅 인사를 하는 것이었다.

정윤술이 워낙 붙임성 있게 해서인지 이경복 변호사는

정윤술과 몇 마디 주고받더니 이내 형 동생 해 가면서 죽이 잘 맞았다.

강권은 두 사람이 하는 모양을 보고 고개를 내두르지 않을 수 없었다.

'언제 봤다고 초면에 형 동생이냐? 하긴 경찰은 어깨들에게 형님으로 통하는데다 이경복 변호사의 나이도 정윤술과는 10여 년 이상 차이가 나니 그럴 수 있겠군.'

강권은 이것으로 '환' 종합 매니지먼트사의 설립 문제를 대충 마무리 지었다.

물론 소속 선수들을 끌어모으는 가장 중요한 일이 남아 있지만 무극십팔기를 수련시키면 몇 개월 안에 일류 선수들로 만드는 것은 일도 아닐 것이다.

"갑수, 저 너메 대학 말이여. 그 대학에서 사람을 뽑는다는디 자네, 안 갈겨?"

"저 너메 대학이라면 거 뭐시냐, 최 머시긴가 하는 사람이 전부 꽁짜로 갈켜 주겠다고 하는 그 대학 아닌가베."

"맞아. 민족대학 '환'이라던가, 뭐라던가 암튼 갈 겨,

말 겨?"

"무슨 일을 하는지 알아야 가든 말든 하재."

"고련산에서 놀고 있다가 뛰어오는 놈들의 등짝에 붙은 번호를 장부에 쓰기만 하면 된다데."

"그런 일하면 몇 푼이나 주겠어? 난 차라리 낮잠이나 잘 겨?"

"월급이 150만원에 4대 보험이 다 된다는디 그래도 안 갈 겨?"

시골에서 월 150만원이면 큰돈이었다. 게다가 모집하는 사람이 60이 넘은 노인네들이 대부분이었으니 더 그랬다.

결국 갑수 노인은 친구 병호와 '환' 종합 매니지먼트사의 사원이 될 수 있었다.

이들이 하는 일들은 힘도 들지 않는 아주 간단한 일들이었다.

'환'에서 뽑은 소속사 선수들이 일주일에 한 번씩 하는 크로스컨트리 훈련에 요령을 피우는지 감시하는 일도 그중의 하나였다.

다른 일이라면 잔디밭을 가꾼다든가, 청소라든가, 공을 주워 온다든가 하는 그런 사소한 일들이었다.

힘에 부치지도 않고 구경하는 재미도 쏠쏠했다. 그런

데도 하루 중 두 끼를 제공했다. 게다가 밥은 어찌나 잘 나오는지 노인네들은 매일 환갑상을 다시 받는 기분이었다.

돈도 벌고 밥도 먹고 노인들에게 이렇게 좋은 소일거리는 없을지 싶었다.

그래서 갑수 노인과 병호 노인은 '환'의 평생 사원이 되자고 서로 다짐을 했다.

이 모든 게 강권의 의견이 전적으로 반영이 된 결과였다.

'돈은 얼마나 들어도 좋다. 노인들에게 잘해라.'

강권이 워낙 바빠서 자주 가지는 못하지만 수시로 가서 살펴보니 잘하지 않으래야 잘하지 않을 수 없었다.

노인들은 강권을 보면 '충성'을 외치고 봤다. 아무리 말려도 소용이 없었다.

"지들은 말단 사원이구요. 회장님은 우리 회사의 최고 어르신이신데 그럴 수 없구만요."

노인들은 누구에게 들었는지 강권이 '환'의 회장이라는 걸 알고는 막무가내로 경례를 했다.

그런데 노인들 때문에 중대하다면 중대한 문제가 생겨 버렸다.

무극십팔기가 천살문도가 아닌 노인들 사이에 퍼지기

시작한 것이다.

처음에는 무료함을 달래려고 선수들이 하는 것을 따라 해 본 것이 관절이 좋아지고 심지어 회춘하는 노인네도 생겨나자 입에서 입으로 퍼져 노인들 모두 따라하게 되었던 것이다.

사장 정윤술과 무극십팔기 교관들인 천살문도들에게는 청천벽력이었다.

무극십팔기는 '환' 종합 매니지먼트사의 비밀 병기와 같은 것인데 이렇게 유출이 된다면 파급되는 악영향은 심각할 수 있기 때문이었다.

"어르신, 죄송합니다."

정윤술과 천살문도들이 석고대죄를 하며 강권에게 잘못을 빌었다.

"기왕 이렇게 된 것 어쩌겠나? 노인네들에게 일단 말을 해 보는 수밖에. 또 무극십팔기를 행할 때 정확한 자세를 취하지 않으면 효과가 거의 없으니 너무 염려들 말게."

강권은 이렇게 너그럽게 말했지만 내심 께름칙하지 않을 수 없었다.

결국 강권이 택한 것은 무극십팔기의 체계적인 연구였다.

사실 강권도 무극십팔기가 전신 근육의 발달에 좋은 동작들이고 동체 시력을 키워 준다고는 알고 있지만 어떤 동작이 어떻게 영향을 미치는가에 대해선 잘 알지 못했다.

스승인 무무상인에게서 무극십팔기를 기계적으로 배운 것에 불과했기 때문이다. 강권은 무극십팔기의 체계적인 연구를 '해'에게 맡겼다.

"너가 좀 연구해 봐라."

―알았습니다. 주인님, 최선을 다하겠습니다.

이렇게 시작한 '해'의 인체 연구가 대한민국을 스포츠 최강국에 올려놓는 쾌거를 이룩하는 계기가 됨을 강권도 당시에는 미처 생각지 못했다.

❖　❖　❖

"김 기자, '환' 종합 매니지먼트사에 대해서 취재해 와."

"편집장님, 굳이 그럴 필요가 있겠습니까?"

"취재를 해 오라면 해 오지 잔말이 왜 그리 많아? 빨리 가지 못해?"

"예. 알겠습니다."

대한일보 기자 김수민은 속으로 '계급이 깡패다.'를 연발하며 취재 장비를 챙겼다.

'야구단을 운영하려면 최소한 인구 100만은 되어야 시장성이 있다는 게 상식이었다. 그런데 인구가 겨우 22만인 강릉을 연고지로 야구단을 창단하겠단다. 그런 꼴통들을 취재해서 뭘 하게? 거기다 뭐 최소 1조원을 들여서 종합 스포츠 센터를 만들겠다고? 1조원을 버리는 거야 좋은데 해마다 막대하게 들어가는 비용은 어떻게 감당할 건데? 그것뿐이면 말도 안 해. 대한민국 최고의 기업인 오성이나 한도 그룹도 스포츠 전 종목의 선수단을 만들지는 않는데 듣보잡인 '환' 종합 매니지먼트사에서 뭘 믿고 전 종목에 걸쳐 선수단을 만든다는 거야? 젠장, 금방 없던 일로 하겠다는 게 빤한 스토린데 돈지랄 하는 멍청한 놈들 취재를 해서 뭐해?'

기자 생활을 십 년 넘게 하다 보니 쿵하면 호박 떨어지는 소리라는 것 정도는 알 수 있었다.

대기업에서 인기 스포츠 종목에 엄청 돈을 퍼 들여가며 선수단을 구성하는 것에는 그룹 홍보라는 게 크게 작용한다.

'오성이 최고다. 한도가 최고다.'라는 이미지를 심어주면 그걸로 홍보비를 줄일 수 있다는 것이다.

그렇게 해서 그룹 차원에서 나서서 선수단과 구단의 적자를 메워 주는 게 관례처럼 되어 있다.

그런데 이 '환' 종합 매니지먼트사는 뭐 때문에 헛돈을 써 가면서 모든 스포츠 종목에 선수단과 구단을 만든다는 건지 김수민은 이해가 되지 않았던 것이다.

"젠장, 까라면 깔 수밖에. 그나저나 '1조원의 잔혹사'를 어떻게 써야 그럴듯하게 쓸 수 있담?"

그런데 김수민은 취재를 하면서 나름 이해가 되고 있었다.

해발 1,400m가 넘는 고지에 만드는 돔 스포츠콤플렉스는 자체적으로 각종 위락 시설을 갖추고 있었다.

한마디로 도쿄 돔과 디즈니랜드에 워커힐 호텔, 오성 의료원이 결합되어 있다고 보면 된다.

게다가 강철보다 최소 수십 배 강도가 세면서도 몇 배나 가벼운 단백질 섬유로 만들어 유지 보수 비용이 거의 들지 않는다.

더 흥미로운 점은 시공될 단백질 섬유를 공급하는 곳이 '환' 종합 매니지먼트사의 모기업인 그룹 '환'이라는 것이다.

김수민을 더 짜릿하게 만드는 것은 해발 1,400m가 넘는 고지대에 만든 점을 충분히 활용하는 여러 가지 방안을 제시하고 있다는 것이었다.

각종 전지 훈련장과 스포츠 의료 센터까지 갖추고 있다는 것과 인근 절경들과 연계한 관광 코스의 개발이 그것이었다.

한마디로 처음 지을 때 천문학적인 거액이 들어서 그렇지 일단 만들어 놓기만 하면 황금알을 낳는 거위가 될 수 있었던 것이다.

제9장
'달' 대형사고(?)를 치다

─주인아, 이 나라 대기업들은 도대체 무슨 생각으로 기업을 꾸려 가는지 모르겠어?

"그게 무슨 소리야?"

─한도 그룹이라는 곳도 그렇고 오성이라는 기업도 그렇고 왜 주력 제품의 중요 부품을 외국에 의존하는 건데?

"기술 축적이 안 되어 있으니 어쩌겠어? 점차 부품의 자급률을 높여 가고 있잖아. 그리고 요즘 어떤 기업들이 부품들을 자국에서 100% 조달하냐? 세계에서 제일 잘 나간다는 엘로 피치도 우리나라 오성에서 부품을 받아다 제품을 만들어. '달', 너 도대체 뭘 알고나 하는 소리냐?"

―그렇긴 해도, 근데 너무 일본에 의존하는 경향이 있는 것 같더라고. 주인이 얼른 그룹 '환'을 활성화시켜서 부품들을 국산화시켜라. 자동차니, 반도체니, IT제품이니 모두 외국에 의존을 하더라니까. 막말로 외국에서 엿 먹으라고 부품 공급을 중단해 버리면 어쩔 거냐고? 손가락 빨고 있을 거야? 또 주인 니 생각대로라면 일본이란 나라가 바다 속으로 퐁당 가라앉을 날도 얼마 남지 않았잖아?

이것은 가수 활동으로 돈을 쓸어 모으느라고 바쁜 나머지 강권도 미처 생각지 못한 부분이었다.

'달'이 지적한 것처럼 자기 생각이 틀리지 않았다면 잘해야 십여 년 안에 일본의 상당 부분은 바다 속으로 침몰하고 말 것이다.

그런데 무언가 말을 할 듯 말 듯 미적거리던 '달'이 어렵게 꺼낸 말은 더 가관이었다.

―주인아, 대기업들이 죄다 더런 놈들이란 것은 알겠는데 괜찮은 기술을 가지고 있는 중소기업을 거저먹으려다 안 되니까 부도로 몰아가더라? 그래도 되는 겨?

"뭐야? 그게 어디 회사야?"

―오성 말이야, 오성! 제일정밀이라고 제법 탄탄하고 기술력도 있는 그런 회산데 그냥 주워 먹으려다 안 되니

까 구두로 부품을 주문해 놓고 일방적으로 클레임을 놓는 거 있지? 계약서를 내놓든지 납품하라고 주문한 사람에게 납품하라고 오리발 내밀더라니까. 물론 정식으로 계약서도 작성하지 않았는데 주문한다고 일단 물건부터 만들어 놓고 보는 그 회사 사장도 문제가 없다고 볼 수는 없어. 하지만 그 점을 이용해서 슬쩍 운만 띄워 놓고 담당자를 외국으로 전출시켜 버린 오성의 수법은 완전 지능범이 따로 없더라고.

'허어, 이 자식 컴퓨터를 갖고 놀라고 했더니 또 모둠 불법 놀이냐? 그나저나 아직도 그런 케케묵은 수법으로 중소기업들을 울리고 있나?'

군사 정부 시절에는 나라에 돈을 갖다 바치면 어떤 부정이나 비리도 눈감아 주었다고 알고 있었다. 하지만 민주화 정부가 들어서고부터는 그렇게까지 야비한 수법은 쓰지 않는다고 들었는데 아직도 그러고 있는 줄은 전혀 생각지 못했다.

'고금동서를 막론하고 가진 자들이 문제야. 이것들을 어떻게 손봐주어야 세상이 좋아지려나?'

한참 고민하던 강권은 문득 '달'이란 놈이 컴퓨터 해킹을 통해서 이런 정보를 얻어냈으리라는 생각이 들었다.

'그렇다면 '달', 이 녀석을 살살 구슬리면 그런 것들

을 다 토해 낼 것 아냐? 그런데 이 녀석을 어떻게 구슬리
나?'

　잔대가리 잘 쓰는 놈들이 제 꾀에 지가 넘어가고, 까다
롭게 구는 놈들이 의외로 뒤가 무른 법이다. '달'도 마찬
가지로 은근히 뒤가 물러 조그만 다그치면 제 풀에 꺾이
는 타입이었다.

　" '달'이 너 혹시?"

　―미안… 그치만, 주인의 사문인 천살문의 가장 큰
가르침이 뭐야? 나쁜 놈들 벌준다는 거 아냐? 그리고
가능하면 힘이 약한 애들은 되도록 보호해 주어야 하는
거고.

　예상치 못한 반응에 강권은 순간 '달', 이 녀석이 뭔
가 심상치 않은 짓거리를 저질렀다는 확신이 들었다.

　" '달', 너 뭔 짓을 했어? 솔직히 털어놔."

　―주인아, 나 나쁜 짓 안 했다. 나는 그저 퇴출 대상인
제일정밀을 회생시켰을 뿐이라고.

　자신을 만든 드래곤 칼리크의 영향 때문인지 '달'이
거짓말은 하지 않는다.

　하지만 그것은 어디까지나 적극적으로 속이지 않는다
는 것이지 소극적으로 말하지 않는 것을 포함하는 것은
아니었다.

즉, 거짓말을 할 것 같은 난처한 상황이 닥치면 아예 입을 다물어 버렸다.

또한 나쁜 짓의 정의도 계약자인 강권의 기준에 의거했다.

따라서 강권의 좋고 나쁨의 기준점이 천살문의 계율이니 '달' 또한 천살문의 계율로 좋은 짓, 나쁜 짓을 판단했다.

말하자면 사람을 죽이는 것은 나쁜 짓거리지만 천인공노할 나쁜 놈을 죽이는 것은 좋은 일이라는 식이었다.

'달'의 생각이 대충 어떻다는 것을 알고 있는 강권은 '달'을 추궁했다.

"그래서? 제일정밀을 회생시켜서 어떻게 했는데?"

─주인아, 정세기에게 줬다. 정세기가 주인에게 컴퓨터를 가르쳐 주었잖아? 그래서 줬다.

'에잉! 뭐시라? 이건 또 뭔 말이냐? 제일정밀을 정세기에게 줘?'

제일정밀이 얼마짜리나 되는지는 몰라도 남이 아니고 자기 사람에게 주었으니 크게 아깝거나 하지는 않았다.

그렇더라도 이건 아니지 않는가?

강권이 아무 소리도 하지 않고 얼굴을 찌푸리자 제 풀

에 기가 꺾인 '달'이 미주알고주알 설명해 주었다.

─그러니까 정세기에게 제일정밀을 인수하게 한 다음
에 오성의 주식으로 돈을 벌어서 퇴출 대상이 된 제일정
밀의 부채를 갚으니까 제일정밀이 정세기 것이 된 거잖
아.

'헐! 이건 또 뭔 소리냐? 오성 주식으로 돈을 벌다
니?'

강권이 아무 소리도 하지 않자 '달'은 계속 털어놓는
다.

─그러니까 어떻게 된 거냐 하면, 주인의 예금통장에
있는 돈을 꺼내서 차명계좌에 넣고 그걸로 굴렸어. 그러
니까 오성 주식을 싸게 사서 비싸게 팔았다는 거지.

"그럼 한동안 오성의 주식 값이 갑자기 요동쳤던 게
'달' 니가 조작해서 그런 거였어?"

─꼭 내 조작이라기보다는⋯ '옐로 피치사가 오성에
특허 문제로 소송을 걸 것이다.' 이렇게 말한 것뿐이라고.
그런데 실제로 옐로 피치사가 오성에 소송을 걸었잖아.
그러니까 나는 이렇게 진실만을 밝힌 거였다고.

정말이지 '달'이 녀석은 도저히 말리지 못하는 녀석
이 아닐 수 없었다.

'달', 이 녀석에게 컴퓨터에 대해서 알아 두라고 하니

까 이건 컴퓨터에 대해서 알아 두는 정도가 아니라 아예 컴퓨터를 제 입맛대로 조작하고 있었다.

남의 컴퓨터를 마치 제집 안방에 들어가듯이 들어가서 마음대로 조종을 하고 있었던 것이다.

그런데 이게 간단치가 않았다. '달'이 컴퓨터와 하나라도 된 듯 컴퓨터를 마음대로 조종을 했는데 그것은 마치 컴퓨터가 에고를 갖고 있는 것처럼 보였다.

그러고는 자기가 의도한 것을 끝내고 자기가 들어가 조작한 흔적을 깨끗이 지워 버렸다.

한마디로 감쪽같이 해치운 것이다.

그건 그렇고 '달', 이 녀석은 어째 지금 자기가 저지른 짓거리 전부를 실토하고 있는 것 같지 않은 기분이 드는 것은 왜일까?

'암만 생각해도 뭘 더 숨기고 있는 것 같은데 시치미를 뚝 떼고 있으니… 그렇다면 그게 뭐지?'

엘로 피치사와 오성 그룹의 메인 컴퓨터에 해킹을 한 것은 확실한 것 같은데, '달', 이 녀석은 분명 그 정도로 만족할 녀석이 아니었다.

그렇다면 녀석이 저지른 짓거리는 도대체 뭐란 말인가?

강권은 '이코노미'라는 잡지를 보고야 녀석이 저지른

짓거리가 뭔지 어느 정도 짐작이 갔다.

"야! '달', 너 혹시 세계 100대 기업들의 주식 갖고
장난쳤냐?"

─장난이라기보다는 좋은 짓을 좀 했어. 그리고 세계
100대 기업은 아니고, 25대 기업에서 열세 개 기업 정
도. 뭐, 그 정도야.

"어떻게 했는데?"

─대략 5~10% 정도의 주식을 갖고 있다고나 할까?
뭐! 대충 그래.

'달'의 얘기를 들으며 강권은 꼴까닥 넘어가실 뻔했
다.

세계 최대 기업인 EX 모빌의 시가 총액은 대략
2,800억 유로인데 그중 5% 정도만 해도 120억 유로였
다.

1유로가 대략 1,590원 정도니 대략 8,000억 원이
다.

계속해서 토해 내는 '달'의 얘기는 경악 그 자체였다.

강권이 몽골에 가서 금을 캐느라고 똥줄 타면서 번 돈
이 대략 7조 원이었는데 '달' 이 녀석이 두 달 동안 탱
자탱자 놀면서(?) 번 돈은 그 배는 됐기 때문이다.

게다가 녀석이 챙긴 것은 주식만이 아니었다.

세계 각 처에 임자 없는 눈먼 땅들을 챙겼는데 그게 우리나라의 10배 정도의 크기였다.

우리나라에서만도 어지간한 중소 도시만큼의 땅을 갖고 있었다.

드래곤이 만들어서 그런지 공짜라면 사족을 못 썼다.

더욱 경악스런 것은 바하마 군도의 비밀 은행에 무려 100억 달러 정도의 현찰이 있다는 것이었다.

각종 불법 자금들을 교묘한 방법으로 빼내 바하마 군도의 은행에 분산해서 입금을 시켜 놓았던 것이다.

"비밀 은행하면 스위스잖아? 왜 바하마 은행을 택한 거냐?"

─웃기시네. 주인아! 스위스 비밀 은행은 이제 한물갔다는 거 알아? 아냐고? 생각해 봐. 얼마 전에 정경유착 자금 등은 정부 간 공개로 비밀 엄수란 원칙이 깨졌어. 한 번 원칙이 깨졌으니 앞으로 어떻게 될지 누가 알겠어? 또 이것저것 떼는 게 많더라고. 반면에 바하마 군도의 은행들은 수입세나 법인세가 없고 금전 거래의 비밀이 보장되니 딱 아니겠어?

"너 그러다 걸리면 어떻게 하라고?"

─주인아! 내가 누구니? 걸릴 걱정은 눈곱만큼도 없으니까 안심하셔. 들키지도 않고, 그렇다고 난리가 벌어지

지도 않게 대충 5~10% 정도만 손댔어. 뒤가 구린 녀석
들이니까 그 정도는 좀 배가 아프다 말겠지.

강권은 녀석의 말에 완전 손발을 들었다.

'달', 이 녀석은 완전 지능적이었다.

주식만 해도 그렇다. 그 이상 손대면 경영권 방어를 생
각하고 예의 주시할 테니까 약간 신경은 쓰이지만 딱 두
고 볼 정도만 계산해서 주식을 보유했고, 불법 자금도 마
찬가지였다.

이렇게 따지니 강권의 소유라 할 수 있는 재산은 대략
40조원 정도는 될 것 같았다. 그중 현찰이 3분지 1이
넘었다.

자기 재산을 생각하다 보니 문득 떠오르는 것이 있었
다.

또 할아버지가 꿈에 나타나 10분지 1쯤 챙겨 가려 하
시는 게 아닌가 하는 것이었다. 아니나 다를까 이번에도
여지없이 나타나셔서 10분지 1을 요구하셨다.

결국 강권은 35억 달러를 출연해서 홍익재단을 만들어
야 했다.

❖　　❖　　❖

서울 중구 태평로에 있는 한국 프레스 센터에는 셀 수 없을 정도로 많은 내외신 기자들이 몰려들고 있었다.

　"어이! 김 기자, 그룹 '환'의 오너인 최강권이 뭣 때문에 내외신 기자들을 불렀는지 아는가?"

　"아! 선배님, 기자들이 모두 모인 데서 발표한다는데 낸들 어떻게 알겠습니까? 그리고 외신 기자들은 부른 적이 없다던데요?"

　"이 친구 이거 이 바닥에서 꽤 내공을 쌓은 것 같은데 이럴 때 보면 아직 먹물을 덜 먹은 것 같단 말이야. 이 친구야, 기자들이란 게 어디 불러서만 오는가? 부르지 않아도 여기저기 쑤셔서 연기가 나는 것 같으면 득달같이 달려드는 게 기자들 아닌가? 그리고 사회부 짬밥을 10년 이상 먹었으면서도 아직도 그쪽에 소식통을 심어 놓지 못했나? 아직도 연줄을 엮지 못했다면 앞으로도 이 생활은 엄청 괴롭지 아마?"

　"허이, 선배님도 참, 잘 아시면서 그러시네. 제 목숨이 몇 갠지 시험해 보고 싶어서 그러십니까? '밤의 황제'에게 접근이라도 하려면 목숨은 저쪽에 맡겨 두고 가야 하는데 아무리 돈이 좋아도 선배님이라면 그렇게 하실 수 있겠습니까?"

　"하긴……."

J일보의 기자 강성헌은 바로 꼬랑지를 내렸다.

그도 나름 사명감을 가진 기자였지만 대학 후배인 김세기의 말마따나 그에게는 그럴 배짱은 없었다.

최강권이 그쪽 계통을 통일하고 그쪽 계통의 사람들을 단속해서 소시민들에게 폭력을 행사하지 말라고 했었다는 말을 들었지만 그건 어디까지나 소시민들에 한해서였다.

세브란스 사건 이후에 부하들을 동원해서 자기의 사생활을 침해하면 가만있지 않겠다는 엄포를 놓은 터여서 그에게 접근하려는 기자는 없었다.

사실 아무리 언론인이라는 자부심이 있고 사명감도 좋지만 전국구 조폭들 수십 명이 진을 치고 있는 곳으로 들어갈 간 큰 사람이 있겠는가?

기자들 사이에서는 코끼리를 업어 재우는 것이 낫지 최강권의 기사를 쓰지 않겠다는 우스갯소리도 회자되고 있었다.

그런 그가 특별 기자 회견을 자청하자 기자들이 떼로 몰리는 것은 당연했다. 그게 아니더라도 역사상 최강권처럼 세상의 한가운데에서 풍운을 불러일으키고 있는 자가 있을까?

세계 10대 강국의 정상들을 쥐고 흔든 자.

시대를 뛰어넘는 새로운 기기를 발명한 자.

대중음악에 관한 한 세계 최고의 위치를 차지하고 있는 미국 시장을 데뷔하자마자 장악하기 시작해서 벌써 세 달째 꽉 잡고 있는 자.

나이 스물세 살에 그 누구도 이루지 못했던 한국 암흑가를 통일한 자.

이런 화려한 수식어가 붙은 사람의 기자 회견을 가지 않으려는 얼빠진 기자들이 어디 있겠는가?

예상치 못한 외신 기자들이 너무 많이 와서인지 내외신 기자들이 몰리는 바람에 주최 측 또한 난리가 아니었다.

다행스럽게도 19층에 있는 기자 회견장보다 더 큰 20층의 국제 회의장이 비어 있어 부랴부랴 기자 회견장을 옮겼다는 말도 들렸다.

하지만 너무 많은 기자들이 몰려들어 260여 평에 달하는 한국 프레스 센터 국제 회의장이 비좁을 정도였다.

원래 말이 많은 기자들이 1,000여 명이나 몰려 있자 기자 회견장은 도떼기시장이 따로 없었다.

하지만 기자 회견의 예정 시간인 10시가 되자 약속이라도 한 듯 국제 회의장이 조용해졌다.

풍운아 최강권이 기자 회견 석상에 나타났기 때문이다.

그것도 잠시 기자 회견장은 이내 전쟁터를 방불케 하는 아수라장이 되었다.

여기저기서 카메라 플래시가 터지고 최강권에게 중구난방으로 질문을 던져 댔다.

'환' 종합 매니지먼트 소속의 MC 김병갑이 나서서 여러 차례 정숙해 줄 것을 요청했지만 쇠귀에 경 읽기였다.

강권은 손짓으로 김병갑을 불러 뭐라 얘기했다.

그러자 김병갑이 마이크에 대고 멘트를 날렸다.

"우리 회장님께서 지금부터 플래시를 터트리거나 떠드는 사람들을 봐 두었다가 그 사람의 질문은 일체 받지 않겠다고 하셨습니다. 떠들고 싶은 분은 계속 떠드셔도 됩니다."

MC 김병갑의 멘트가 나가자 기자 회견장은 쥐 죽은 듯 조용해졌다.

"하하, 진즉에 이랬으면 얼굴 붉히지 않고 좀 매끄럽게 진행을 했을 것 아닙니까? 죄송합니다. 괜한 말을 해서."

김병갑은 딴에는 열이 받았는지 이렇게 멘트를 날리고 진행을 시작했다.

"여러분들, 우리 회장님 다 아시죠? 대한민국이 낳은 희대의 천재 과학자이자 혜성같이 나타나 세계 대중음악계를 뜨겁게 달구신 Dr. Seer이신 최 씨 성을 쓰시는 강자 권자 님을 소개하겠습니다. 뜨거운 환호로 맞이해 주십시오."

MC 김병갑의 소개 멘트에 따라 강권이 단상에 올라 꾸벅 인사를 하고는 특별 기자회견을 자청한 사유를 말하기 시작했다.

"세계 전체로 보면 인류 역사상 이렇게 풍요로운 때가 없었습니다. 세계 인구 전체를 배불리 먹여 살리고도 남을 정도의 식량을 생산하고 있다는 의미입니다. 그렇다면 세계 모든 사람들이 배부르게 살고 있을까요? 아닙니다. 해마다 수백만 명에 달하는 사람들이 굶주리고 있고 그중 굶어 죽는 사람들도 상당하다고 합니다. 또 어떤 다큐에서 제3세계 국가들의 아이들 중의 상당수는 한 달에 30달러 정도를 벌기 위해 하루 열네 시간 이상의 중노동에 시달리고 있는 것을 보았습니다. 왜 그래야 될까요? 가난은 나라님도 구제하지 못한다는 우리나라 속담이 있지만 과연 그럴까요? 그래서 저는 우선 저만이라도 그들의 가난을 벗어날 수 있도록 조그마한 재단을 만들기로 했습니다."

강권은 이렇게 말하고 나서 그룹 '환'의 직원들에게 보도 자료를 배포하도록 했다.

"보도 자료를 보시면 아시게 되겠지만 우선 일차적으로 35억 달러를 출연하여 '홍익인간'이라는 재단을 만들려 합니다. 그리고 해마다 내 수입의 10분지 1을 계속 출연하기로 하겠습니다. 그 외에도 해마다 별다른 일이 없으면 3~4차례의 콘서트를 열어 그 수익의 전체를 출연하도록 하겠습니다. 이상입니다. 지금부터 기자님들의 질문을 받도록 하겠습니다."

강권이 질문을 받겠다고 하자 삽시간에 천여 명에 달하는 기자들의 생존 경쟁의 장이 펼쳐졌다.

자리에 앉아 있던 기자들이 벌떡 일어서서 손을 치켜들고 자기를 지목해 달라고 안간힘을 썼고 누구나 할 것 없이 '저요', '저요'를 외쳐 댔다.

강권은 그중 한 사람을 지명했다.

"저기, 가장 빨리 손을 든 기자 분 질문하세요."

강권이 말은 이렇게 했지만 대부분의 기자 회견이 그렇듯이 실은 사전에 이미 지명을 하기로 되어 있던 기자였다.

"한우리 신문사의 조달호 기자입니다. 최 회장님께서 우리나라 돈으로 4조 5천억이 넘는 커다란 재원을 출

연한 재단의 이름이 '홍익인간' 인 것에는 남다른 의미
가 있을 것 같습니다. 국조이신 단군왕검께서 고조선을
여실 때 나라의 이념과 같기 때문에 드리는 질문입니
다."

"조달호 기자님께서 생각하신 대로입니다. '홍익인간'
은 말 그대로 널리 인간을 이롭게 한다는 의미입니다. 저
역시 배달민족입니다. 국조이신 단군왕검의 가르침에 따
라 널리 세상을 이롭게 하는데 조금이나마 힘을 보태고
싶기 때문에 만들게 된 것입니다. 시간 관계상 다음 질문
받겠습니다."

강권은 짧게 답을 하고 다음 질문을 받았다.

"한경의 김선달 기자입니다. 4조 5천억 원이 넘는 천
문학적인 숫자의 돈을 기부한 예는 아마도 역사상 최 회
장님이 처음이신 것 같은데 그렇게 많은 돈을 출연해 재
단을 만드시게 된 계기는 무엇입니까?"

"하하하, 우선 기자님의 말씀을 정정해 드리고 시작하
겠습니다. 제가 알기로는 마이크로소프트사 창업자이신
빌게이츠 씨와 그 부인께서는 230억 달러 넘게 기부하
셨고, 인텔 창업자이신 고든 무어 씨와 그 부인께서도 역
시 70억 달러가 넘는 거액을 기부하셨습니다. 그러니까
그분들에 비하면 제가 출연한 액수는 소소할 따름입니다.

제가 재단을 만들고자 하는 것은 그분들의 영향도 컸고, 아까도 말했지만 행복하게 살아가야 할 아이들의 고통을 조금이나마 덜어 주고 싶었기 때문입니다. 선행을 베푼다는 것이 그 액수의 다과(多寡)가 중요한 것은 아니지만 앞으로의 저의 일생의 목표는 앞서 말씀드린 그분들보다 더 많은 액수를 기부하는 것입니다. 약속드리겠습니다. 다음 분은 한도 타이거즈 야구 모자를 쓰신 기자님입니다. 질문해 주십시오."

"K일보의 우문환 기자입니다. 회장님께서는 아까 해마다 수입의 10%를 기부하시겠다고 하셨습니다. 제가 알기로는 회장님의 수입은 여러 곳에서 생긴다고 알고 있습니다. 그룹 '환'의 CEO, 가수로서의 수입, 100여 곡이 넘는 노래를 작사, 작곡하신 저작권료, '강권표 와인' 등등 해마다 천문학적인 수입이 있을 것으로 생각되어집니다. 그런데 이렇게 여러 곳에서 생기는 수입을 모두 합해서 수입의 10%를 기부하시겠다는 의사 표현이십니까?"

"그렇습니다. 사자성어에 십시일반(十匙一飯)이라는 말이 있습니다. 그 의미는 잘 아시겠지만 열 사람이 한 숟가락씩만 보태면 한 사람이 한 끼 먹을 밥이 된다는 뜻으로, 여러 사람이 힘을 더한다면 한 사람을 돕기는 쉽다는 말입니다. 저는 앞으로 수입의 10%는 무조건 재단 '홍익인간'의 계좌로 들어가도록 조치를 취하겠습니다. 아울러 뜻있는 여러분들께서도 동참하실 수 있도록 방법을 강구하겠습니다."

오전 10시에 시작한 기자 회견은 오후 2시까지 무려 4시간 동안이나 이런저런 질문이 끊임없이 이어지고도 무슨 질문이 남았는지 계속되었다.

결국 강권은 차후 보도 자료를 배포하겠다는 약속을 하고서야 기자 회견을 끝내야 했다.

방송 3사는 뉴스 시간마다 대한남아의 쾌거니, 자랑스러운 한국인상이니 떠들어댔고 이에 뒤질 새라 신문사들은 호외(號外)를 발행하기까지 하면서 강권의 선행을 추켜세웠다.

그중 인상 깊은 제목은,

S일보의 ['밤의 황제' 기부의 끝판왕을 선언하다.]

H일보의 ['밤의 황제' 역시 기부에도 배포가 컸다.]

G일보의 ['팝의 황제' 기부를 노래했다.] 등이 있었다.

물론 모든 매스컴들이 강권에게 호의적인 것만은 아니었다.

J일보, D일보 등의 신문사들은 [조폭 두목이 과연 기

부 천사인가?]라는 제목으로 나이도 어린 최강권이 어떻게 4조 5천억이 넘는 돈을 벌 수 있겠느냐며, 이는 마약 등 범죄로 얻어진 이익금이 분명할 것이니 철저하게 조사를 해야 한다고 했다.

하지만 이들 신문들은 네티즌들의 불매 운동에 당황한 나머지 다시 정정 기사를 내는 촌극을 벌어야 했다.

물론 이들 신문사들은 전부 일본 우익단체와 관련이 있는 신문사였다.

해외에서도 또한 흥미롭다는 반응들이었다.

중국의 지화자 통신사는 소국인 조선의 약관의 젊은이가 250억 위안에 달하는 거금을 쾌척했는데 중국의 부자들은 무얼 하고 있느냐고 꼬집었다.

한류만 받아들일 것이 아니고 그러한 대인의 배포와 기상을 본받아야 할 것이라고 역설했다.

일본의 마니쩌러 신문사 역시 비슷한 논조의 사설을 실었다.

동북부를 강타한 지진 때도 일본인들은 구호에 별 성의가 없었는데 한국인들은 거액을 쾌척했지 않느냐고 하면서 한국인들의 십시일반의 정신을 배워야 할 것이라고 역설했다.

다른 나라의 통신사들 역시 비슷한 식의 반응을 보이고 있었다.

그런데 미국의 경우는 호의적이다 못해 폭발적인 반응을 보였다.

두 차례의 '제니 험프리 쇼' 에 출연했던 것도 하나의 이유가 됐지만 무엇보다 'Some Holidays Morning.' 이란 앨범에 실린 곡들이 아직도 빌보드 차트의 톱 텐을 차지하고 있었기 때문이다.

아침에 눈을 뜨자마자 듣기 시작해서 밤에 잠자리에서 눈을 감을 때도 역시 듣고 자던 가수 Dr. Seer의 노래들.

그런 노래들을 부른 가수 Dr. Seer가 제3세계의 굶주린 아이들을 위해 무려 35억 달러를 출연해서 재단을 만들었다는 기사는 미국인들을 열광시켜 버렸던 것이다.

심지어 Dr. Seer를 'The Last Savior of the World' 라고 추앙하려는 사람들까지 생겨났다.

그들은 각종 매스컴에 Dr. Seer에 대해 더 많은 것을 알려 줄 것을 요구했고, 이에 신문사와 방송사들은 앞

다투어 Dr. Seer의 특집을 만들었다.

그런가 하면 Dr. Seer가 만든 재단인 '홍익인간'에 Dr. Seer를 본받아 자기 수입의 10분지 1을 기부하겠다는 사람들도 하나둘 생기기 시작했다.

이렇게 되자 미국을 깨우는 자도 Dr. Seer고 재우는 자도 Dr. Seer라는 우스갯소리까지 퍼지기 시작했다.

바꾸어 말하면 미국을 실질적으로 지배하는 자는 Dr. Seer라는 말이었다.

하지만 모든 것에는 반대급부도 있는 법이어서 Dr. Seer를 암살해서 미국을 구원하자는 움직임도 암암리에 벌어지기 시작했다.

표면상으로는 이들 움직임의 배후에는 미국의 급진적 우익 단체인 *KKK단이 있었다.

그렇지만 실질적으로는 최강권을 예의 주시하고 있던 미국의 지도층 내 극단주의자들이었다.

그들은 KKK단의 움직임을 포착하고 암암리에 동조하는 형식을 띠고 장비와 훈련을 제공하기까지 했다.

그들은 Dr. Seer가 미국에서 열게 될 콘서트 날을 강권을 암살하는 날로 구체적으로 암살 날짜까지 잡아 두었다.

그들이 KKK단의 암살자들을 훈련시킨 곳은 놀랍게도 버지니아주 랭글리에 있는 CIA 요원 훈련장이었다.

*KKK단:Ku Klux Klan의 약자로 남북전쟁 후 전쟁에서 패배한 남부군 잔당이 주동이 되어 1866년 테네시 주에서부터 생긴 백인 우월적 인종차별주의의 극우 비밀 조직이다. 이들은 순수 백인 사회를 만들기 위해서 백인 우월주의와 기독교 근본주의를 바탕에 깔고 있다. 그래서 이들의 행동 강령 또한 미국의 시대 상황에 따라 반쥬이시(Jewish:유대인), 반가톨릭, 여성의 정치 참여 반대, 동성애 반대, 노동조합 반대 등으로 바뀌어 지고 있다.

KKK단의 행동 강령이 이처럼 바뀌어 지고 있는 이면에는 아마도 이들의 배경에 정치가들이 있어서일 가능성이 크다.

KKK단은 형식적으로는 몇 차례나 해체나 소멸되었지만 계속해서 이어져 내려오고 있다.

제10장
대산에 뛰어들다

대통령 임기를 제한하는 규정을 없애는 대신에 국민의 천부적 기본권을 대폭 강화하는 방향으로 헌법이 개정되자 본격적으로 대선 정국이 시작되었다.

일부에서 또다시 독재자가 나오는 것 아니냐는 우려가 없지는 않았지만 국민 80% 이상은 당시와 지금의 국민 의식은 차이가 많이 나기 때문에 괜찮다는 반응이었다.

또한 그것이 헌법 개정 국민투표의 결과이기도 했다.

대선 입후보자는 여당의 서원명 후보, 민주당의 김규식 후보 등 10여 명에 이르렀다.

후보자가 난립할수록 여당 후보가 우세하다는 예상이 나오자 야당은 힘을 합해 김규식을 통합 대표자로 뽑으면서 선거는 점차 박빙의 모드로 접어들었다.

그런데 항상 여당 쪽에 섰던 J, G, D일보 등 3대 일간지에서 야당 후보인 김규식을 밀자 판세는 점차 김규식에 유리한 국면으로 전개되고 있었다.

이에 고무되기라도 하듯 3대 일간지가 전폭적으로 통합 야당을 지원에 나서자 항간에서는 김규식 후보가 당선될 것이 확실하다는 전망이 나오고 있었다.

이것 역시 서원명 후보에게는 좋지 않은 쪽으로 작용하고 있었다. 사람의 심리란 것이 보통 될 사람을 찍어주자는 쪽으로 기울게 마련인 법이었으니까.

거기다 엎친 데 덮친 격으로 대선을 불과 한 달 앞두고 캐나다로 도피 유학을 갔던 서원명 후보의 하나뿐인 아들, 서효석이 교통사고로 죽는 비운까지 겹쳤다.

J, G, D일보는 그것을 기다리기라도 했다는 듯 노골적으로 서효석의 과거의 행적을 들추어 대며 하늘이 무심치 않다느니, 대통령은 역시 하늘이 낸다는 식의 논평을 써대기 시작했다.

이것을 계기로 이제는 완전 김규식 후보의 압승 분위기였다.

'화(禍)는 쌍으로 온다더니 그 말이 맞는 모양이로군. 그나저나 어째 서원명의 대통령 당선은 물 건너가는 분위

기네.'

내심 탄식을 하던 강권은 만사를 제쳐 놓고 입정(入定)에 들어가 천기를 헤아려 보았다.

그래서 얻은 화두는 진(盡)이었다.

'다할 진이라.'

다할 진에는 끝나다, 죽다, 그치다, 한계에 이르다는 뜻 외에도 정성을 다한다는 의미가 있다.

옛 선인들은 이 진의 괘를 얻으면 목욕을 재계하여 심신을 정갈히 한 후에 자신의 행위를 돌이켜 보았다. 이런 의미에서 진은 인간의 도리를 가리키는 말이었다. 진인사 대천명의 말도 여기에서 나왔다.

'나쁘지는 않군. 하지만 쉽지는 않겠어.'

강권은 자신이 어떻게 해야 할 것인가를 꼼꼼히 따져 보고 서둘러 문상을 갔다.

"정암이, 악상(惡喪)의 참담함에 무어라 위로할 말이 없네."

"휴우, 내가 다 덕이 없어서 겪는 일이 아니겠는가?"

"정암이 이 사람, 자네가 덕이 없다면 대한민국에 덕이 있는 사람이 누가 있겠는가? 선거가 얼마 남지 않았으니 기운을 내게."

"휴우, 선거? 아암, 그래야겠지."

말은 그렇게 했지만 서원명은 완전 낙담을 해서 넋이 빠진 듯했다.

그도 그럴 것이 그의 나이가 나이니만큼 하나뿐인 아들이 죽었으니 대가 끊겼다고 봐도 무방하기 때문이었다.

아무리 대통령의 운명을 타고났다고 하더라도 스스로가 포기해 버리면 그 운명은 이루어질 수 없는 법이다.

'이 친구가 대통령이 안 되면 내 행보에도 많은 차질이 있을 것인데……'

고심하던 강권은 결국 충격 요법을 쓰기로 했다.

"내가 이런 말을 하면 예의가 아니지만 대의멸친(大義滅親)을 핑계로 꼭 해야겠네."

강권은 이렇게 운을 떼고는 말을 이어 나갔다.

"자네가 욕을 해도 좋네. 하지만 그 악상 때문에 자네는 대통령이 될 수 있으니 힘을 내시게나. 아니, 꼭 그렇게 해야 하네."

'에고, 저런 화상 같으니. 누가 머릿속에 든 것이 없는 뒷골목 출신 아니랄까 봐 악상을 당한 이때 꼭 그 말을 해야 하는가?'

서원명의 측근들은 강권을 째려보았으나 당사자가 아무 말을 않으니 속으로만 강권에게 욕을 퍼부었다.

서원명도 강권의 얼굴을 한참 동안이나 빤히 쳐다보더

니 한숨을 내쉬며 말했다.

"휴우, 그랬으면 오죽이나 좋겠나. 솔직히 말해서 극적인 전기가 마련되지 않는다면 지금으로선 승산이 적다는 게 참모들의 지배적인 생각이라네."

"그래? 그것 참 큰일이로구먼. 그나저나 그렇게 된 것이 전부 나 때문인 것 같아 미안하이."

"강권이 이 사람아, 그게 무슨 소리인가? 자네 때문이라니?"

사실 강권은 서효석이의 운명에 대해서 어느 정도 알고 있었고 그를 살릴 수 있음에도 그러지 않았다. 그를 살린다면 그로 인해서 죽어 간 두 용인대생의 죽음이 너무 아깝기 때문이었다.

또한 서효석이가 저질렀던 일들이 서원명의 발목을 잡기 십상이라는 것도 염두에 둔 것이었다.

이런 강권의 내심을 모르는 서원명은 강권의 사과에 펄쩍 뛰었다.

'이런 정도라면 낙담은 아직 이르군. 미안하지만 자네는 지금 아들의 죽음에 슬퍼하고 있을 때가 아니라네.'

강권은 내심 이렇게 생각하고는 안면에 철판을 깔고 내친김에 굳히기에 들어갔다.

"내가 알아본 바에 의하면 우리나라가 더욱 강해지면

설 자리가 없다고 판단했는지 일본 우익 쪽에서 사활을 걸고 나하고 친한 자네보다는 김규식을 밀고 있는 것 같네. 국내 3대 일간지들이 김규식을 밀고 있는 것이 그 단적인 증거라고 할 수 있네."

"설마?"

서원명은 말은 설마라고 했지만 언뜻 떠오르는 것이 있었다.

고등학교 동창이면서 자기의 선거 참모이기도 한 강성삼이 의미심장한 발언을 한 적이 있었는데 대통령이 되려면 최강권을 멀리해야 되지 않느냐는 것이 그것이었다.

'그 친구가 J일보 정치부 기자였으니 그쪽의 소식은 어느 정도 알고 있다고 보았을 때, 3대 일간지에서 야당을 밀려는 움직임은 그전부터 있었다고 봐야겠군.'

이런 서원명의 내심을 파악한 강권이 넌지시 물었다.

"자네, 뭔가 짚이는 것이 있는 모양이로군. 그렇지 않은가?"

강권의 물음에 서원명은 강성삼이 했던 얘기를 들려주었다.

"역시 짐작한 대로 김규식을 밀어주는 자들의 배후에는 일본의 우익 단체인 *일본회의(日本會義)도 있는 것 같군."

"일본회의라면 이번에 독도로 간다고 설쳤던 애들이 속해 있는 그 단체 말인가?"

"그럴 것이네. 사실 나도 자네 보좌관이었던 류설호를 추적하는 과정에서 그놈들이 우리나라 정치에 개입하려는 기미를 대충은 감지할 수 있었다네. 그런데 얼마 전부터는 그들의 동정을 전혀 알아낼 수 없더란 말일세. 그자들이 약속이나 한 듯이 중요한 얘기를 할 때는 인편을 통해서 하고 이동 통신이나 메일은 전혀 사용하지 않고 있기 때문이라네."

보통 사람이 들으면 대충 넘어갈 말이었지만 서원명은 눈살을 찌푸리며 말했다.

"자네 설마……."

"맞네. 불법이어서 자네의 성정에는 거슬리겠지만 나는 그들의 컴퓨터를 해킹하고 그들의 휴대폰을 복제해서 알아낸 것이네."

서원명은 강권의 태연한 대답에 질렸다는 듯 한동안 강권의 얼굴을 빤히 쳐다보다가 한숨을 쉬며 물었다.

"휴우, 그런데 말일세. 아까 자네 말의 뉘앙스가 좀 이상해서 하는 말이네만 일본회의 말고도 또 다른 세력의 개입이 있는가?"

"그렇다네. 야야(野爺)라는 자를 우두머리로 하는 어

둠의 자식들이라네."

"어둠의 자식들이라고?"

"그렇다네. 우연히 그들을 알게 되었고 뒤를 쫓았지만 도마뱀이 꼬리를 자르고 도망을 치듯 감쪽같이 사라져 버렸네. 당시에는 그자들의 근원을 일제강점기 전후라고 짐작했었는데 다시 생각해 보니 실은 그것보다 최소한 100여 년은 더 거슬러 올라가야 할 것 같더만."

"아니 그건 또 무슨 말인가? 일제강점기보다 100여 년 전이라면 그럼 야야를 우두머리로 하는 조직이 만들어진 지가 200년도 넘었단 말인가?"

200여 년 전이라면 조선의 정조나 순조 대의 일이 아닌가.

그런데 어떻게 그때부터 이어져 내려오는 조직이 항간에 알려지지 않을 수가 있단 말인가?

서원명은 강권의 말이 정말 이해가 되지 않았다.

"말 그대로네. 믿기지 않겠지만 조선말부터 우리나라를 막후에서 조종하는 자들의 집단은 사대부들이 권력을 독점했었던 조선 중기 이후부터 자생적으로 이루어진 것 같네. 그들의 속성은 철저하게 권력자에게 아부를 하고 자신들을 내세우려 하지 않는다네. 어떻게 보면 실무자들이요, 2인자들의 모임이라고 할 수 있겠네. 그러니 어디서부터 손을 대야 할지 모르겠더군."

서원명은 그 말이 믿겨지지 않았지만 강권의 말이 이어지자 어느 정도 이해가 되었다.

"조선 전기에는 여러 단계의 신분이 존재했고, 그 신분은 어느 정도 융통성이 있었네. 신분 상승의 기회가 전혀 없지는 않았다는 말일세. 천민도 양반이 될 수 있는 기회가 존재했고, 그 예는 정사나 야사 여러 군데서 나타나네. 어느 양반가의 솔거노비 출신인 이상좌가 원종공신(原從功臣)이 된 것도 그렇고, 관노였던 장영실이 종3품까지 올랐던 것이 전형적인 것이네. 그때에는 거의 민란이 일어나지 않았지만 양난(임진왜란, 병자호란)을 겪고 후 조선의 신분제도는 급격하게 경색이 되어졌네. 양반이 아니면 쌍놈만 있을 따름이었으니 말일세. 그리고 그 양반도 권문세가 아니면 양반 축에 끼지 못하는 절름발이 양반들이 얼마나 많았는가? 아마도 그 절름발이 양반들 중에서 누군가가 세상을 바꾸려고 마음먹었던 것 같네. 그때부터 기득권에 의존하거나 또는 그들을 이용하려 했었던 것 같네. 이런 추정을 뒷받침해 줄 만한 확실한 증거는 아직 없지만 그렇게 확신하고 있네."

"휴우, 아무리 그렇더라도 불법적인 수단을 이용한다는 것은 좀 그렇지 않은가?"

서원명은 대놓고 그러면 너도 같은 놈이라고는 하지
않았지만 검사 출신 아니랄까 봐 율사(律師) 기질을 드러
냈다.

그렇지만 강권의 대꾸는 그런 서원명이 답답하다는 기
세였다. 그것은 서원명으로 하여금 아들의 죽음을 잊게
하려는 의도적인 것이기도 했다.

"역사서에 버젓이 있는 것도 아니라고 우기는 자들일
세. 그런 자들과 맞서는데 꼭 법을 따져서야 어디 상대나
되겠는가? 고금을 막론하고 법보다 주먹이 가깝고 거기
에 녹아나는 자들은 민초들뿐이지 않는가?"

"역사서에 버젓이 있는데도 아니라고 우기다니? 자네
가 그렇게 말하는 것의 근거는 무엇인가?"

"하하하, 근거? 좋네. 내 근거를 대주겠네. 자네도 국
사 공부를 나름 한 것으로 아는데 고려의 영토에 어떻게
알고 있나?"

"그거야… 국사 교과서에도 나와 있듯이 서쪽으로는
압록강 동쪽으로는 함경남도 도련포 아닌가?"

강권은 그럴 줄 알았다는 듯 빙그레 웃으며 말했다.

"여러 사서가 있네만 정사(正史)인 고려사만 보기로 하
세. 고려사 권(券) 56 지리 서문에 보면 '고려의 경계선
은 서북쪽으로는 당나라 이래로 압록강을 경계로 했고,

동북쪽은 선춘령을 경계로 하였다.'고 되어 있네. 그런데 세종실록지리지에서는 이 선춘령이 '공험진(公?鎭) 관할 구역 내에 있었다.'고 기술하고 있다네. 그 말은 곧, 세종실록지리지에서는 조선의 경계를 함길도 경원도호부(慶源都護府)의 동북쪽 700리까지 보고 있다는 것이지. 또 세종실록지리지에는 '본래 선춘령에는 윤관이 9성(城)을 쌓았는데, 9성의 하나인 공험진의 선춘령에 비를 세웠다고 한다. 비석 4면에 글이 있었던 것을 호인(胡人)이 뭉개 버렸다고 한다. 그러다 뒷날 어떤 사람이 그 밑동을 파 보았더니 [高麗之境]이란 넉 자만이 있었다.'고 되어 있네. 이 얼마나 기가 막힌 현실인가?"

"정말 그렇단 말인가?"

"이 모두가 왜놈들이 **반도사관으로 정착시킨 것을 일제 어용사학자들이 앵무새처럼 따라 지저귀고 있는 사실들이네. 더욱더 기가 막힌 것들은 내가 입에 올려 보아야 입만 아프니 더 말을 하지 않겠네."

강권이 이 말을 하면서도 열불이 나는 것을 간신히 참고 있었다.

강권은 자신이 고조선 시대, 아니, 그 이전 환국(桓國) 시대와 환인(桓因) 시대에도 살았기 때문에 우리 민족의 강역이 얼마나 넓었음을 잘 알고 있었다. 강권은 머잖아지나족들이 우격다짐으로 밀어붙이고 있는 동북공정을 깨뜨릴 사서들이 대량 발굴된다는 것을 어렴풋이 느끼고 있었다. 그때까지는 속이 쓰리지만 참아야만 한다는 것 또한 알고 있었다.

천도(天道)는 무심치 않는 것이어서 종들이 깝죽거리는 것도 한때뿐임을 잘 알고 있었기 때문이다.

서원명은 강권의 말에 대한 진위를 따지지 않고 사실인 쪽에 더 기울었는지 자못 심각한 표정이었다.

"자네 말이 맞는다면… 정말이지 우리나라 역사학계를 바로잡지 않는다면 민족의 정기를 세우는 일은 요원하지 않을 수 없겠구먼."

"맞네. 말이 나온 김에 아주 재미있는 사실을 말해 주겠네. 자네 혹시 고구려, 백제, 신라, 즉 우리가 알고 있는 그 삼국이 중국 땅에 있었다는 것을 알고는 있나?"

"들어 보지 못했네."

"이른바 [삼국의 대륙 실재설]이 점차 밝혀지고 있음이 현실인데도 여전히 우리 선조의 활동 무대를 한반도에 국한시키려는 우리 사학계가 얼마나 크게 잘못되어 가고 있는 증거라는 것을 알고나 있는가?"

서원명은 강권이 뭔 말을 하려는지 도통 감을 잡지 못

하겠다는 듯 눈만 껌뻑거렸다.

강권은 서원명의 태도에 가슴이 답답해서 한숨을 내쉬며 말했다.

"휴우, 자네처럼 역사의식을 갖고 있는 사람이 그 사실을 모를 정도면 일본 식민사관이 얼마나 뿌리 깊은 것인지 미루어 짐작이 가네. 1994년 5월 16일에 [한국 우리민족사 연구회]에서 제작하여 전국에 홍보용으로 배포한 자료는 고구려, 신라, 백제가 중국대륙에 있었다는 것을 사서와 천문학, 기상학을 통해서 입증하고 있네. 우선 사서에 나타난 우리 삼국의 일식(日蝕) 기록을 따져 보면 총 67회라네. 그중 54회가 정확히 맞아떨어지네. 또, 신라에 홍수나 폭풍의 80% 이상이 5월 이전에 집중됐다는 기록은 신라의 강역이 양자강 일대가 아니라면 설명할 수 없는 것이지."

"정말인가?"

"정암이 자네는 내가 헛소리하는 것 봤나? 또 하나의 증거를 들자면 구당서(舊唐書)와 신당서(新唐書) 당서에 고구려의 동쪽에 신라가 있다는 기록이 있네. 그리고 당서에 나오는 지명들 대부분이 중국 대륙에 있다네. 당나라 애들이 골이 비어서 정사(正史)에 그렇게 썼겠나?"

강권의 말에 서원명은 도저히 믿을 수 없다는 눈치였다.

사학계의 인물들을 나름 안다면 아는데 그가 알기로는 도저히 그럴 사람들이 아니었기 때문이다.

강권은 그런 서원명을 보며 한숨을 쉬지 않을 수 없었다.

나름 역사의식이 있다는 서원명이 이럴 정도면 다른 사람들은 더 물어볼 필요도 없으리라.

서원명의 선거 참모들이 절실하게 바라고 있는 극적인 전기란 강권이 대선에 적극적으로 개입하는 것이었다.

강권은 우리나라는 물론이고 세계의 핫 이슈가 되고 있는 인물이고 보면 그가 대선에 자신을 밀어주고 적극적으로 선거운동을 해 준다면 판세가 완전 바뀔 수 있다고 보는 것이다.

서원명 측이 유리할 때는 강권과 친하다는 게 독이 되었지만 반대로 선거의 판세가 불리해지자 그만한 영약도 없다는 식이었다. 급기야는 이렇게 권하기까지 했다.

"원명이, 최강권 그 친구와 친하니까 그에게 선거운동에 적극 개입해 달라고 말해 보는 게 어떻겠나?"

"최강권 그 친구더러 내 선거운동을 해 달라고 하라고? 자네는 그를 멀리 하라고 하지 않았는가?"

"그랬었지. 하지만 지금은 상황이 바뀌었네. 자네가 청와대에 입성하려면 그를 최대한 이용하는 수밖에 없다네."

"허어, 아 친구야. 양심상 어떻게 그럴 수 있겠나?"

"어허, 이 친구 양심이 자네를 대통령으로 만들어 주지는 않네. 마키아벨리도 군주론에서 더 큰 도덕을 위한 부도덕을 역설하지 않았는가?"

서원명 역시 정치에 뜻을 둔 다음에 군주론을 여러 번 읽어서 강성삼이 염두에 두고 말하는 대목이 떠올랐다.

[군주 된 자는, 특히 새롭게 군주의 자리에 오른 자는, 나라를 지키는 일에 곧이곧대로 미덕을 지키기는 어려움을 명심해야 한다. 나라를 지키려면 때로는 배신도 해야 하고, 때로는 잔인해져야 한다. 인간성을 포기해야 할 때도, 신앙심조차 잠시 잊어버려야 할 때도 있다. 그러므로 군주에게는 운명과 상황이 달라지면 그에 맞게 적

절히 달라지는 임기응변이 필요하다. 할 수 있다면 착해져라. 하지만 필요할 때는 주저 없이 사악해져라. 군주에게 가장 중요한 일이 무엇인가? 나라를 지키고 번영시키는 일이다. 일단 그렇게만 하면, 그렇게 하기 위해 무슨 짓을 했든 칭송받게 되며, 위대한 군주로 추앙받게 된다.]

서원명은 나직하게 탄식하며 강성삼에게 그러겠노라고 말하고는 주위를 물렸다.

선거 참모진들도 서원명의 마음을 빤히 알고 있는 터여서 군말 없이 자리를 피해 주었다.

서원명은 혼자 어두운 방에서 온갖 상념에 빠져들었다.

'하나뿐인 자식이 죽었는데도 마음 놓고 슬퍼할 수 없는 운명이라니 나도 참 기구한 운명을 타고났구먼.'

이런 생각이 들자 서원명은 미칠 것 같았다.

아들이 처음 태어났을 때 그 환희는 세상을 다 얻은 것 같았다.

하지만 자신의 꿈을 이루기 위한 정략결혼으로 서원명은 아들을 장인에게 맡기지 않을 수 없었다. 그래도 내 자식이니 그 피가 어디로 가겠느냐는 생각에서 아쉬울 것은 없었다.

그런데 장인이 너무 오냐오냐 기르다 보니 녀석은 세상 무서운 줄 모르고 설쳐 댔다. 녀석은 중학교 때부터 선생이고 학생이고 할 것 없이 마음이 동하면 성추행은 기본이요 심지어는 강간까지 저질러 댔던 것이다.

서원명이 당시에 그 사실을 알았었다면 녀석을 당장 소년원에 집어넣어 버렸을 것인데 장인인 성곡이 돈과 권력으로 서원명의 귀를 막아 버렸다. 입막음용 합의금은 많으면 억 단위였고, 적으면 기천이었는데 그렇게 퍼질러 준 돈을 합하면 강남에 빌딩 한 채 값이었으니 어떤지는 미루어 짐작이 갈 것이다.

'이 영감쟁이가 우리 아들을 죽였어. 그래 영감쟁이 저승에서 외손주를 만난 소감이 어떠시오?'

이런 생각이 들자 강권의 말대로 아들 서효석이 살아 있다면 그의 과거 행적이 발목을 잡을 게 틀림없으리라는 생각도 들었다.

'강권이 그 친구 말마따나 그 점에선 다행인가?'

자기 자식이어서 애틋한 면도 있지만 반면에 지 외할아버지만 인정하고 자기를 아비로 여기지도 않는 점에선 웬수가 따로 없었다.

물론 내리사랑이라고 그걸 다 포용했던 서원명이었지만 정작 그 자식이 죽어 버리니 앓던 이가 빠진 것 같으면서도 심장에 구멍이 숭숭 뚫린 것처럼 찬바람이 들어왔다.

'휴우, 사는 게 사는 게 아니라는 말이 이런 경우에 쓰는 건가?'

정말이지 가슴에 커다란 구멍이 뚫려 버린 서원명은 지금 살아도 산 것이 아니었다.

강권이 본격적으로 서원명의 진영에 가세하자 선거의 판세가 조금씩 바뀌기 시작했다.

입을 열면 사자후를 발해서 국민들이 외부 자극에 휘둘리지 않고 제정신으로 후보를 선택하게 했고, 봉황음으로 민초들의 정서를 자극해 서원명의 편으로 돌렸다.

프로파젠다(선전, 선동)란 게 별다른 게 아니다.

사람들을 끌어모아 자꾸 반복해서 들려주는 게 장땡인 것이다.

표심이란 것이 웃긴 것이어서 골수가 아니고는 귀에 못이 박히도록 듣다 보면 투표장에서 찍게 되어 있다.

강권이 서원명의 선거운동원으로 적극 나서자 판세를 관망하고 있던 고수원의 생각도 달라진 것 같았다. 소속 연예인들을 반강제적으로 동원해서 서원명의 유세장으로 내몰았다.

물론 본인이 싫다고 하면 강제(?)하지는 않았다.

이렇게 되자 서원명의 유세장에는 월드 스타인 강권이 있고, 국민들의 귀염둥이들인 아이돌들이 득시글거렸다.

공짜 콘서트가 따로 없으니 선거운동원들도 신바람이 나서 유권자들을 유세장으로 끌어모았다.

"야! '뮤즈 걸스' 보러 가자."

"야! '슈퍼 스타들' 보러 가자."

"대학로에 모아가 노래를 부른다는데……."

"홍태희가 광화문에서 춤춘다는데 어때 보러 갈까?"

이 한마디만 하면 그 다음은 자기네들이 알아서 유권자들을 데리고 왔다.

이에 급해진 김규식 후보 진영은 맞불을 놓기로 하고 YJ엔터테인먼트와 PGS엔터테인먼트 소속 연예인들을 섭외하기에 이르렀다.

하지만 YJ나 PGS은 월드 스타인 Dr. Seer와 맞서 승산이 없음을 이유로 정중히 사절을 했다.

이에 다급해진 김규식 후보의 선거대책위원장 황구만은 참지 못했다.

"야! 니들 딴따라들이 감히 누구 부탁을 거절해. 니들

김규식 후보가 대통령이 되면 끝장날 줄 알아."

이 황구만의 발언은 일파만파가 되어 돌아왔다.

한국연예예술인협회 회원들이 시청 앞 광장에 모여 전면적으로 황구만을 규탄하고 나섰다.

"황구(黃狗)만을 먹어 무식한 황구만은 각성하라! 때가 어느 때인데 딴따라 타령이냐?"

"각성하라! 각성하라!"

연예인들의 규탄대회는 서울에서만 있는 게 아니고 전국에서 산발적으로 일어났다. 그뿐이 아니고 각종 인터넷 매체에서는 황구를 잡아먹는 식견 황구만 선생 패러디들이 넘쳐났다.

결국 김규식 후보가 황구만을 대신해서 사죄를 했고, 황구만은 졸지에 실업자 신세가 되어야 했다.

청상과부는 수절을 해도 아이 낳은 과부는 절대 수절을 못한다고 처음부터 없으면 견딜 수 있는데 있다가 없으면 견디기가 더 어려운 법이다.

김규식 후보 진영에서는 극단 대책을 내놓았다.

서원명 후보가 대통령에 당선이 되면 전세계가 나서서 우리나라를 왕따시킬 것이라는 유언비어를 퍼뜨리기 시작했다.

이것은 국내외적으로 심각한 파장을 불러왔다.

그런 유언비어를 기다리기라도 한 듯 일본의 미꾸라지 총리가 주동이 되어 세계 9개국 정상들이 일본 도쿄에 모여 세계 평화를 위해서 뜻을 함께하기로 결의했다.

각국 정상들이 모이는 때를 맞추어 세계기업연합 (WUC) CEO들이 암스테르담에 모여 세계 경제 발전을 위해서라면 세계기업연합은 어떤 일이라도 할 것이라고 했다.

세계 정상들과 세계 100대 기업의 CEO들의 선언은 우리나라 국민들에게 심각한 충격을 주기에 충분했다.

"정말로 저들이 우리나라를 왕따시킬까?"

"세계 강대국들이 왕따시키지는 않겠지. 하지만 세계 100대 기업들이 힘을 합쳐 우리나라를 고사시키려 한다면 수출에 의존하고 있는 우리나라 경제는 완전 마비가 될 걸?"

"그렇지만 우리나라와 교역을 하지 않는다면 저들도 심각한 타격을 입을 텐데 그러려고 할까?"

"저놈들이 어떤 놈들인데? 아마 그러고도 남을 걸?"

국민들 사이에 이런 생각들이 지배적이었다.

반면에 여기서 저들의 압력에 굴복한다면 우리나라의 미래는 더 이상 없다고 주장하는 사람들도 많았다.

선거 마지막 며칠은 우리나라 국민들뿐만 아니라 입후
보자들까지도 죽음이었다.

＊일본회의(日本會義):한국에는 잘 알려져 있지 않지만 일본회의
는 일본의 지하 극우 총지휘부다. 일본회의는 헌법 개정과 일본의 핵
무장을 주장하는 보수 인사들이 결집한 '일본을 지키는 국민회의' 와
종교 단체들의 모임인 '일본을 지키는 모임'이 1997년 5월 합친
우익 단체다. 일본 47개 도도부현(都道府縣)마다 따로 본부를 설치
하고 무려 3,300개의 기초 지자체에 지부를 두고 있으며 일종의 점
조직 형태를 취하고 있다.

이처럼 막대한 하부 조직을 바탕으로 일본회의는 일 정치권을
쥐락펴락할 정도로 막강한 영향력을 행사한다.

현재 회장은 미요시 도루 전 최고재판소 장관으로 야스쿠니 신사
참배자 대표를 겸하고 있다.

이처럼 일본회의는 전국적 네트워크의 힘을 토대로 보수 정치권과
일심동체로 움직인다. 또한 자민당 의원 100여 명과 민주당 의원
30여 명은 일본회의 지원 단체인 '일본회의 국회의원 간담회'를 통
해 각종 보수 정책을 관철시키고 있다.

국회의원 모임의 회장은 일 정치권의 보수파 거두인 히라누마 다
케오 '일어서라 일본' 대표다.

부회장으론 아베 신조 전 총리와 고이케 유리코 자민당 총무회장
역시 일본회의에 속해 있다.

그리고 이번 울릉도 방문을 결정한 자민당 '영토 문제에 관한 특
명위원회' 의 위원장인 이시바 시게루 정무조사회장 또한 마찬가지다.

기타 과거 자민당 집권 시절 역사 왜곡에 앞장섰던 아소 다로 전 총리, 시모무라 하쿠분 전 관방부장관도 골수 회원이다.

 90년대 말 논란을 일으켰던 책 '추한 한국인'의 실제 저자로 알려진 가세 히데야키는 현재 일본회의 도쿄지부 회장으로 있다.

 얼마 전 자민당 의원들이 울릉도를 방문하겠다고 대대적으로 언론에 부각시킨 것도 따지고 보면 그 배후가 일본회의였다.

 일본 의원들이 김포공항에서 쫓겨나는 장면을 최대한 부각시켜 일본 국민 정서를 자극하고, 독도를 외교, 영토 분쟁으로 만들겠다는 의도라는 것이다.

 이들의 속셈은 다른데 있는 것이 아니고 영토 문제에 관한 현 민주당 정권의 나약함을 부각시켜 자민당의 정권 재창출을 이끌어 내려는 의도라고 한다. 일본회의가 자민당과 얼마나 결탁돼 있는가를 보여 주는 통계가 있다.

 아베 총리 말기에서 후쿠다 야스오 총리 초기에 걸쳐 국무대신 18명 중 7명, 부대신(차관에 해당) 22명 중 8명, 정무관(차관보) 26명 중 11명이 '일본회의 국회의원 간담회' 소속이었다.

 '자민당 정권' 아닌 '일본회의 정권'이란 말까지 나올 정도였다.

 참고로 울릉도 방문 의원단의 면면을 살펴보면 다음과 같다.

 단장인 신도 요시타카 의원은 2차 대전 당시 이오지마(硫黃島) 전투를 이끈 구리바야시 다다미치 육군 대장의 외손자다.

 이나다 도모미 중의원 의원은 변호사 시절부터 일본의 전쟁 책임을 고발한 언론사와 기자를 제소한 각종 소송의 원고 측 단골 변호인이었다. 사토 마사히사 참의원 의원 역시 한국 식민 지배와 중국 난징 학살 등을 일으킨 일본의 역사적 책임을 부정하고 야스쿠니(靖國) 신사 참배 등을 주장해 왔다.

 함께 온 시모조 교수는 독도가 일본 땅임을 주장하는 대표적 학자이고 일본회의가 지원하는 '일본교육재생기구'의 핵심이다. 일본의 각종 교과서에 "다케시마는 일본 영토"라고 표기하도록 물밑 작업을 한 것도 바로 일본회의와 시모조 교수였다.

2005년 2월 22일 '다케시마의 날' 제정안을 시마네현 의회에서 밀어붙인 것도 일본회의 소속 지방의회 의원들이었다.

일본회의는 사실상 일본 내 독도 문제 전략을 짜고 집행하는 거점 노릇을 해 온 것이다.

**반도사관:일제 때 단군조선 말살 운동에 앞장섰던 일인 사학자 이마니시류(今西龍)가 '조선의 고대사 관련 사료는 〈삼국사기〉와 〈삼국유사〉밖에 없다. 그밖의 사서는 사서가 아니라 위서다.' 라고 주장한 것을 기성 사학계가 그대로 답습하고 있다고 비판해 온 것이다. 그럴 수밖에 없는 것이 역사학자 이병도가 이마니시류(今西龍)의 수서관보가 되어 '조선사편수회(조선 반도사 편찬위원회의 약자)' 라는 우리 역사 왜곡 프로젝트에 참여했다. 그런데 이 이병도라는 자가 광복 후에는 서울대 역사학과 교수, 문교부 장관까지 지내면서 일제 식민사관 수립 사업에 직접 참여하고 그 식민사관을 해방 후부터 오늘날까지 이어 주는 역할을 한 것이다. 오늘날 한국 사학계에는 직접간접으로 이병도의 제자 아닌 사람이 드문 것이 현실이기 때문이다. 이 기득권층이 문제다. 한국 역사는 주체적으로 발전한 것이 아니라 주변국에 의해서 유지되었다는 '반도사관론' 이 팽배하다. 이 반도사관에 더해진 것이 바로, 증거가 있어야만 인정한다는 식의 소위 실증주의 역사 방법론을 채택해 우리 역사 왜곡을 공고히 하고 있다.

그들이 그토록 주장하는 그들의 '반도사관론' 이 왜곡됐다는 증거는 우리나라 사서도 아닌 중국의 사서에도 여러 군데 존재하고 있다.

그 실례 중 하나가 기존 역사학자들의 '반도사관론' 에 입각해서 한강 이남에만 국한되었다고 주장하고 있는 백제다.

우리 역사 중 가장 세련되고 가장 국제지향적인 백제를 왜곡함으로써 '반도사관론' 을 공고히 하려 했었던 것이다.

그런데 중국 정사에서 그걸 정면으로 부정하고 있다.

중국의 정사인 수서(隋書)에 보면 백제에는 팔대 대성이 있다고 기록하고 있는 것이 그것이다.

'百濟有 大性八氏 沙氏 解氏 眞氏 木氏 國氏 燕氏 苗氏 協氏'

이상한 점은 현재 이들은 한반도에는 없고 거의 대륙에 존재한다는 점이다. 또, 양자강 일대에 천 몇 백 년을 넘게 이어져 온 백제현, 백제성, 백제향이 있다.

이러한 역사서와 연관성 있는 지명들은 우리 역사가 한반도에 국한되지 않았다는 증거가 아닐 수 없다.

〈『더 리더』 5권에서 계속〉

1판 1쇄 찍음 2011년 10월 18일
1판 1쇄 펴냄 2011년 10월 20일

지은이 | 희 배
펴낸이 | 정 필
펴낸곳 | 도서출판 뿔미디어

기획총괄 | 이주현
편집장 | 이재권
편집책임 | 심재영
편집 | 문정흠, 이경순, 주종숙, 이진선
관리, 영업 | 김기환, 임순옥

출판등록 | 2002년 9월 11일 (제1081-1-132호)
주소 | 부천시 원미구 상3동 533-3 아트프라자 503호 (우)420-861
전화 | 032)651-6513 / 팩스 032)651-6094
E-mail | BBULMEDIA@paran.com
홈페이지 | www.bbulmedia.com

값 8,000원

ISBN 978-89-6639-353-4 04810
ISBN 978-89-6639-165-3 04810 (세트)

고수를 찾아서

한병철 지음

뿔미디어가 자신 있게 추천하는
모든 장르 독자들의 필독서!
직접 발로 뛰고 귀로 듣고 눈으로 본 『현대무림백서』!

누구나 고수를 꿈꾸지만
누구나 고수가 될 수는 없다!
이 시대 현존하는 수많은 무예가들에게 묻다!

진정 고수는 존재하는 것인가?

실존하는 무술고수와의 대담
현대를 살아가는 무림을 엿보다!

발매중!
정가 19,800원

WIFI 3G　　　9:00 PM

보건복지부위탁 실종아동전문기관의
『Missing child』 iPhone용 무료 어플리케이션
홍보 캠페인에 <u>도서출판 뿔 미디어</u>가 함께합니다!

《주요 기능》

● 실종된 아동의 사진 및 실시간 발생되는
　실종 아동 사진 검색 및 제보 기능
● 미취학 아동을 위한
　실종 예방 인형극 영상 및
　노래, 애니메이션
● 취학 아동을 위한 유괴 예방 영상

실종아동전문기관 홈페이지 (<u>www.missingchild.or.kr</u>)
또는 애플의 앱스토어에서 무료로 다운로드 받을 수 있습니다.
실종 · 유괴 없는 행복한 세상을 위해 여러분의 소중한 관심과
많은 참여를 바랍니다.

참신하고, 끼와 재미가 넘실대는
신무협·판타지 소설을 모집합니다.

참신하고, 끼와 재미가 넘실대는 신무협 판타지 소설을 모집합니다.

많은 장르 소설 작품을 보아 오며,
"나라면 이렇게 할 텐데……."
라고 생각하며 떠올렸던 기발한 소재와 아이디어가 있다면,
마음껏 지면에 펼쳐 보시기 바랍니다.

뛰어난 문장력? 정교한 구성력?
그런 건 그다지 중요하지 않습니다.
재미와 참신함으로 중무장된 작품이라면 열렬히 대환영입니다!

소재에 제한은 없으며, 분량은 한 권(원고지 850매 내외)입니다.
작성 양식은 자유이며, 보내실 때는 꼭 파일로 작성하여 이메일로 보내 주시기 바랍니다.

다만, 호환 마마에 버금가는 미풍양속을 저해하는 단란한 내용은 사절입니다.
특히 엔터 신공은 절대불가! 최고 결격 사유입니다.

저희 도서출판 뿔미디어와 함께
즐겁고 유쾌하게 작가의 꿈을 키워 나가시기 바랍니다.
홈페이지로도 많은 참여 바랍니다.

부천시 원미구 상3동 533-3 아트프라자 503호 (우)420-861
도서출판 뿔미디어 작품 모집 담당자 앞
전 화 : 032-651-6513   FAX : 032-651-6094
이메일 : bbulmedia@paran.com

http://www.bbulmedia.com